# HEIKE LANGE

## Cleo und der Kommissar

Für Jan

Heike Lange

# Cleo und der Kommissar

Katzenthriller

Bibliografische Information der Deutschen Nationalbibliothek:
Die Deutsche Nationalbibliothek verzeichnet diese Publikation in
der Deutschen Nationalbibliografie; detaillierte bibliografische
Daten sind im Internet über http://dnb.d-nb.de abrufbar.

© 2016 Heike Lange
Alle Rechte vorbehalten.

**Herstellung und Verlag:**
BoD — Books on Demand, Norderstedt

**Covergestaltung:** BoD — Books on Demand, Norderstedt
**Covervorderseite:** Bildelemente www.fotolia.de
**Coverrückseite:** Tarotkartenmotiv unter Verwendung des A.E.
Waite Tarot (ISBN 978-3-927808-13-3):
Mit freundlicher Genehmigung des Königsfurt-Urania Verlag,
Krummwisch, © 1993, 2007 Königsfurt-Urania Verlag,
Krummwisch/Deutschland.
www.königsfurt-urania.com

**ISBN: 978-3-7412-2110-1**

*Katzen sind geheimnisvoll.
In ihnen geht mehr vor, als wir gewahr werden.*

Sir Walter Scott

**Prolog**

Ein Geräusch ließ Lisa aus dem Schlaf hochfahren. Das Zimmer lag im Dunkeln. Nur das flackernde Licht des Fernsehers huschte über die Wände. Seit sie sich von ihrem Mann getrennt hatte, schlief sie regelmäßig in ihrem Sessel ein. Lisa ärgerte sich, denn schon mindestens dreimal hatte sie den Anfang dieses Films gesehen und noch immer wusste sie nicht, wie er endete. Verdammte Werbepausen! Sobald die Werbung einsetzte, schlief sie ein, als hätte man einen Schalter umgelegt. Sie sah sich um und stellte fest, dass ihr Hals schmerzte. Sie massierte kurz ihren Nacken und griff dann nach der Fernbedienung, um das Gerät auszuschalten, als es an der Tür klopfte. Lisa ließ die Fernbedienung, wo sie war, und setzte sich auf. Das war das Geräusch, welches sie geweckt hatte. Das Klopfen hatte nichts mit dem Programm zu tun, wie sie in duseligem Halbschlaf angenommen hatte. Auf dem Fernsehbildschirm demonstrierte ein übertrieben freundlicher Verkäufer die Leistungsfähigkeit eines Bodenstaubsaugers und lobte ihn in den höchsten Tönen: „Gründliche Reinigung auf allen Böden dank umschaltbarer

Universal-Bodendüse. Rufen Sie jetzt an und Sie erhalten den Ferrari unter den Bodenstaubsaugern für nur einhundertneunundneunzig Euro." Lisa sah auf die Uhr. Es war zwei Uhr fünfundvierzig. Sie fragte sich, wie viele Leute nachts das Bedürfnis verspürten, einen Staubsauger zu kaufen. Noch dazu um diese Uhrzeit! Das Klopfen wurde drängender. Und wer um Himmels willen wollte zu dieser unchristlichen Zeit etwas von ihr? Lisa schaltete den Fernseher aus, erhob sich und ging zögernd in den Flur. Sie ärgerte sich darüber, dass sie keinen Spion in die Tür hatte einbauen lassen. Sie hielt ihr Ohr an die Tür und lauschte. Erschrocken fuhr sie zusammen, als es erneut klopfte.
„Hallo? Wer ist da?", fragte sie zaghaft. Keine Antwort. Vielleicht brauchte jemand Hilfe? Ein Einbrecher würde wohl kaum anklopfen. Was sollte schon passieren, wenn sie öffnete? Soweit sie sich erinnern konnte, war in diesem Viertel noch nie was passiert. Das war auch nicht weiter verwunderlich, denn die Straße, in der sie wohnte, war zwar hübsch und malerisch gelegen mit Blick auf den Park, aber sie war auch spießig und langweilig. Das einzige kulturelle Highlight dieses Wohnviertels war der Zigarettenautomat neben der Bushaltestelle. Schließlich siegte die Neugier und Lisa entriegelte das Schloss.

Als die Tür aufschwang, erkannte sie schlagartig, dass sie einen tödlichen Fehler begangen hatte. Mit ganzer Kraft warf sie sich gegen die Tür, versuchte, sie wieder zu schließen. Doch sie war dem Eindringling nicht gewachsen. Der Fremde packte sie; eine Klinge blitzte auf; kalter Stahl zerschnitt ihren Hals. Sie konnte nicht mehr schreien. Sie griff sich an den Hals, versuchte verzweifelt, die Wunde zuzuhalten. Doch das Blut spritzte pulsierend zwischen ihren Fingern hindurch, klatschte an die Wand neben der Tür und lief in Rinnsalen die Tapete hinunter. Sekundenlang stand sie da, starr vor Angst. Sie hörte ihr gurgelndes Röcheln und hellrotes, schaumiges Blut quoll aus ihrem Mund. Dann wurde ihr Blick leer, sie ließ die Hände sinken und mit einem letzten rasselnden Atemzug verebbte der Schmerz. Lisa war tot. Einen Moment lang trotzte sie noch der Schwerkraft, dann kippte sie zur Seite und krachte wie ein gefällter Baum auf das Parkett neben dem gestreiften Kokosteppich. Der Mörder stieg über sie hinweg, darauf bedacht, nicht in die Blutlache zu treten, die sich nun ausbreitete. Seine Arbeit war noch nicht getan. Und er wusste, niemand würde ihn stören.

*„Heute werden sie die bedauernswerte Lisa finden. Immer noch berauscht von der letzten Nacht, male ich mir aus, wie es sein wird: Die Bäckerei, in der sie als Verkäuferin arbeitet, öffnet um sieben Uhr. Aber Lisa wird es nicht sein, die die Ladentür aufsperrt und die ersten Kunden begrüßt, wie sonst immer. Die Kollegen aus der Backstube werden denken, Lisa verspätet sich. Fünf Minuten, zehn Minuten — das kann jedem Mal passieren. Aber nach einer Stunde werden sie langsam sauer, weil sie sich bis zu Lisas Ankunft nun auch noch um den Verkauf kümmern müssen. Sie werden versuchen, Lisa anzurufen. Aber weder auf dem Handy noch auf dem Festnetzanschluss werden sie Erfolg haben. Es wird klingeln und klingeln, aber niemand nimmt den Hörer ab. Vielleicht ist ihr etwas passiert? Ist sie krank geworden? Lisa wohnt allein. Wenn sie nicht in der Lage ist, sich krankzumelden, dann tut es auch kein anderer. Und je später es wird, umso beunruhigender sind die Gedanken, die sich den Kollegen aufdrängen. Gegen Mittag, wenn das letzte Brot aus dem Backofen gezogen wurde, wird man beschließen, bei ihr vorbeizuschauen.*
*Ich freue mich schon auf den gellenden Schrei, den es zweifellos geben wird, wenn man ihren toten Körper findet.*
*Ich werde um die Mittagszeit meinen Wagen ganz in der Nähe parken, damit ich dabei sein*

*kann; damit ich den Schrei hören kann; damit ich die Angst in ihren Augen sehen kann, wenn sie vor Entsetzen aus dem Haus gerannt kommen. Und kotzen. Heute werden sie sie finden, oder vielmehr das, was von ihr übrig ist."*

# 1. Kapitel

War das eine Nacht! Abgekämpft, nass und frierend, müde und hungrig war ich durch das offene Klofenster hereingekommen — mein üblicher Weg, wenn ich von draußen kam. Ich schlich durch den Flur zur Küche. Mein Fressnapf war blitzeblank sauber und ... leer! Das konnte ich schon von Weitem riechen, trotzdem ging ich hin und sah hinein. Vom Boden des Edelstahlfutternapfes starrte mir ein enttäuschtes Katzengesicht entgegen, das mir nur bedingt ähnlich sah, denn es war durch die Rundung des Napfes verzerrt und verzogen. Ich inspizierte die Küche. Alles war aufgeräumt; nichts Fressbares lag herum. Der Vorratsschrank war nicht aufzukriegen, seit mein Frauchen, sie heißt übrigens Sarina, ihn mit einem Gummiband gesichert hatte. Den Kühlschrank hatte ich noch nie aufbekommen, obwohl ich es schon etliche Male versucht hatte. Ich wusste, dass Sarina dort die leckersten Sachen versteckte. Aber beim Backofen hatte ich schon zwei- oder dreimal Glück gehabt. Also versuchte ich es dort noch einmal. Ich hängte mich an den Griff und in dem Moment, als die Ofenklappe nach unten

schwang, sprang ich weg. Geschafft! Der Backofen war offen ... und leer. Mist. Einmal hatte ich einen kalten Braten darin gefunden, der schon in Scheiben aufgeschnitten war. Ich hatte eine Scheibe nach der anderen herausgezerrt und verputzt, bis ich so voll war, dass ich kaum noch auf die gepolsterte Eckbank springen konnte, um mein Verdauungsschläfchen zu halten. Je mehr ich an dieses Festmahl zurückdachte, umso lauter knurrte mein Magen. Es nützte nichts, ich musste mein Frauchen in die Küche holen.
Es war noch ganz still im Haus. Ich trottete also wieder den Flur entlang und fand die Schlafzimmertür angelehnt. Ich drückte mit der Pfote dagegen. Der Türspalt wurde breiter und ich schlüpfte hindurch. Ich sprang auf das Bett, setzte mich aufs Kopfkissen und betrachtete mein Frauchen. Sarina war Ende zwanzig und der hübscheste Langbeiner, den ich je gesehen hatte. Besonders ihre Augen gefielen mir. Sie waren denen einer Katze nicht ganz unähnlich. Aber jetzt waren ihre Augen zu. Sie schlief noch fest, aber ich fand, es war Zeit, aufzustehen. Schließlich musste sie sich um mich kümmern. Ich war ihre Katze! Und ich hatte *jetzt* Hunger. Vorsichtig tippte ich mit der Pfote ihre Nase an. Keine Reaktion. Dann drückte ich ihr meine kalte, feuchte Nase ins Gesicht. Das klappte meistens, aber heute

drehte sie sich weg und ich sah nur noch ihr goldblondes verwuscheltes Haar. Die Decke hatte sie vorsorglich bis zum Hals hinaufgezogen. Kein Arm oder Bein ragte darunter hervor, mit dem ich hätte kuscheln können. Also stieg ich auf den Hügel, den ihr Körper unter der Bettdecke formte, und begann, zu trampeln und zu pföteln und verpasste ihr eine Rückenmassage allererster Güte. Mürrische Laute von sich gebend, drehte sie sich unter der Bettdecke. Es hatte den Anschein, als ob sie noch nicht gewillt war, munter zu werden. Ich überlegte, wie ich sie am schnellsten aus dem Bett kriegen könnte. Das Bett hatte eine Umrandung, die aus Schränken und einem über dem Kopfende befindlichen Regal bestand. Hier hatte Sarina ein paar Kristallsachen aufgestellt, eine hübsche Schale, ein Kerzenständer, eine kleine Vase. Ich sprang auf das Regal und schob mit der Pfote eines der Kristallteile in Richtung Abgrund. Das kratzende Geräusch, das das Kristall auf dem Regalbrett verursachte, ließ sie normalerweise aus den tiefsten Träumen hochfahren. Wie gesagt, normalerweise. Heute nicht. Pech gehabt. Ich schob das Dekoteil weiter, es stürzte ab, landete aber weich auf dem Kissen — eine Handbreit neben Sarinas Kopf. Keine Reaktion. Sie schlief tief und fest. Nachdem Nase antippen, Rückenmassage und der Kristallteiltrick fehlgeschlagen waren, blieb mir nur noch eine letzte, drastische Maßnahme, um sie wach zu kriegen. Ich sprang auf den Nähmaschinentisch, der in einer Ecke des Schlafzimmers stand, und von dort auf den Kleiderschrank, der bis knapp unter die Zimmerdecke reichte. Dann kroch ich auf dem Schrank entlang, bis ich die Stelle erreicht hatte, die sich genau über Sarina befand.

Ich schätzte noch mal die Flugbahn ab, dann sprang ich nach unten auf den Bettdeckenhügel, unter dem mein Frauchen friedlich schlummerte. Geschlummert hatte. Mit einem Schreckenslaut fuhr sie aus dem Schlaf hoch und wollte grade loszetern. Doch da fiel ich ihr um den Hals, als hätte ich sie jahrelang nicht gesehen, rieb meinen Kopf an ihr und drückte ihr meine kalte Nase ins Gesicht. Dagegen war sie machtlos. Sie nahm mich in den Arm, streichelte mich und meinte:

„Du hast wohl Hunger, was?" Ich schnurrte.

„Du hast ja Recht, Cleo. Ich stehe ja schon auf." Mit einem Seufzer schwang sie die Beine aus dem Bett und verschwand im Bad. Geschafft. Ich schlenderte schon mal voraus in Richtung Küche. Als Sarina aus dem Bad gekommen war, sich angekleidet hatte und sich endlich in der Küche blicken ließ, füllte sie als Erstes meinen Napf. Erwartungsfroh kam ich angetrabt, blieb dann aber abrupt stehen. Wie kam sie nur auf diese abstruse Idee, mir dieses Latzikatz-Zeug vorzusetzen? Man sollte es „Latzikotz" nennen. Wer um Himmels willen frisst denn so was? Wieso hatte sie kein Bashe für mich? Keine Hühnerbrühe? Ich musste mir unbedingt ein paar Erziehungsmethoden einfallen lassen. Als Erstes: Futterboykott! Ich schnupperte kurz, dann drehte ich mich gleichgültig weg und sprang aufs Fensterbrett. Sarina würde bald zur Arbeit gehen, spätestens in einer halben Stunde. Solange konnte ich den Futterboykott auf jeden Fall durchhalten.

Das Fensterbrett war breit, aber die Aussicht deprimierend. Seit einer Viertelstunde grollte ich mit dem drögen Anblick, der mir jede Lust verhagelte, nach draußen zu gehen. Regennass glänzte die Straße im Licht der Laternen. Die Nacht war lange vorbei, doch der Himmel war so wolkenverhangen, dass sich die Straßenbeleuchtung nicht ausgeschaltet hatte. Nebelschwaden hingen über den Wiesen im gegenüberliegenden Park. Auf dem Gehweg vor unserem Haus hatte der Wind einen kleinen Laubhaufen zusammengeschoben, der nun nass an den Steinen klebte. Ich setzte mich auf, streckte ein Hinterbein an meinem Nacken vorbei und begann mich zu putzen. Mein samtig weiches Fell war schwarz und so dezent von Rot durchsetzt, dass die meisten

Langbeiner mich für eine schwarze Katze hielten. Nur mein linkes Hinterbein war rot. Akribisch leckte ich die hübschen weißen Flecken auf meiner Brust und meinem Bauch. Besonders stolz war ich auf meine weißen Zehenspitzen, die ganz gleichmäßig alle vier Pfoten zierten.

Als ich mit der Morgentoilette fertig war und mein Pelz im Schein der Küchenlampe schimmerte, hockte ich mich hin und legte meinen buschigen Schwanz, der so gar nicht zu einer Hauskatze passte, um meine Pfoten herum.

Seit einigen Tagen war die Heizung, die sich unter dem Fensterbrett befand, eingeschaltet. Die aufsteigende Wärme hüllte mich ein und machte mich schläfrig. Es würde ein fauler Tag werden. Zu nass für neue Abenteuer. Ich würde heute drinbleiben, mir ein weiches, gemütliches Plätzchen suchen und den Tag einfach verschlafen. Aber auch für einen langen Schlaf musste man gerüstet sein. Ich erhob mich und spähte zu meinem Futternapf hinüber. Er war immer noch gut gefüllt mit diesem Latzikotz-Zeug. Na ja, besser als nichts. Ich schaute zu meinem Frauchen. Sarina saß am Küchentisch. Ihr Teller war bereits leer, also keine Chance, noch etwas Wurst abzustauben. Seit einigen Minuten starrte sie in die Zeitung.

„Oh mein Gott ..." Sarinas Stimme bebte. Hastig las sie den Artikel in der MORGENPOST:

***Leichenfund in der Parkstraße***

*Gestern Mittag wurde die verstümmelte Leiche der zweiundvierzigjährigen Lisa G. in ihrer Wohnung entdeckt. Besorgte Arbeitskollegen wollten nach dem Rechten sehen, nachdem Lisa G. nicht zur Arbeit erschienen war. Sie fanden die Eingangstür unverschlossen. Als sie eintraten, machten sie die grausige Entdeckung und verständigten sofort die Polizei, die wenig später am Tatort eintraf. Der leitende Ermittler, Kriminalhauptkommissar Steiner, wollte sich noch nicht zu dem Fall äußern. Auf die Frage, ob ein Zusammenhang zu den anderen beiden Morden bestehen könnte, die im Abstand von wenigen Tagen unweit vom jetzigen Tatort verübt worden waren, antwortete er ausweichend, die Ermittlungen hätten grade erst begonnen. Wenn alle Spuren gesichert wären, würden sie auch auf Parallelen achten. Bis jetzt deute jedoch nichts auf einen Zusammenhang zwischen den Morden hin. Über den Zustand der Leiche wollte sich Steiner aus ermittlungstaktischen Gründen nicht äußern. Doch der Anblick muss sehr schockierend gewesen sein, da sich die Arbeitskollegen, die Lisa G. gefunden hatten, in ärztliche Behandlung begeben mussten. Eine anonyme Quelle aus dem Krankenhaus Süd erklärte, dass die Kollegen der Toten einen schweren Schock erlitten hätten und einer der Kollegen von einer Tarotkarte berichtet habe, die er am Tatort gesehen haben wollte. Es ist zurzeit unklar, ob dieses Detail von Bedeutung ist."*

Sarina ließ die Zeitung sinken. Sie war beunruhigt, das spürte ich. Neugierig sprang ich auf ihren Schoß, rieb meinen Kopf an ihrem Kinn und atmete den Duft ihres Haares. Es roch nach Shampoo und irgendwie nach Mandeln. Ich pfötelte auf ihrem Schoß, ließ mich nieder und warf einen Blick auf die Seite, die sie gerade gelesen hatte. Ich sah das Bild eines Tatortes: die Umrisse eines am Boden liegenden Langbeiners waren mit weißer Kreide auf den Fußboden gemalt worden. Neben dem Foto gab es jede Menge von diesen Schriftzeichen. Die ganze erste Seite war voll davon. Und ganz oben sah ich die Fotografie einer Frau. Sie kam mir bekannt vor. Ich prägte mir das Bild ein und versuchte, mich zu erinnern, woher ich sie kannte.

Doch dieser Zeitungsartikel war nur ein weiteres Puzzleteilchen. Irgendetwas stimmte in der Welt der Langbeiner nicht. Die Unbekümmertheit und Vertrautheit, mit der sie bisher miteinander umgegangen waren, war verschwunden. Jetzt beherrschte die Angst unser ganzes Revier. Eine eisige Atmosphäre aus Misstrauen griff wie ein Virus um sich. Die Herbststürme, mit denen der Oktober in diesem Jahr Einzug hielt, taten ihr Übriges. Die Langbeiner eilten, in dicke Mäntel gewickelt, mit hochgeschlagenem Kragen durch die Straßen. Ihre Mützen oder Kapuzen hatten sie tief in die Stirn gezogen, um gegen die lausig kalten Stürme geschützt zu sein. Die meisten murmelten nur einen kurzen Gruß, ansonsten wechselten sie kaum ein Wort. Meist beäugten sie sich nur misstrauisch, wenn sie aneinander vorbeieilten. Viele blickten sich ängstlich um, als ob sie sich verfolgt fühlten.

Und noch etwas war mir aufgefallen, das mich nachdenklich machte: Jeden Abend, wenn Sarina von der Arbeit kam, schloss sie die Tür ab und legte die Kette vor. Das hatte sie bis vor ein paar Tagen nie getan. Sarina hatte Angst. Und so sehr ich auch versuchte, zu begreifen, was sie derart beunruhigte, ich konnte mir keinen Reim darauf machen.

## 2. Kapitel

Als Sarina am Abend nach Hause kam und die Kette vorgelegt hatte, zog sie die Schuhe aus, hängte ihre Jacke auf einen der Messingbügel an der Garderobe und ging als Erstes in die Küche. Ich hatte es fertiggebracht, die Hälfte von diesem Latzikotz-Zeug übrig zu lassen. Sarina nahm den Napf und ging damit ins Bad. Sie kippte den Rest wortlos in die Toilette und drückte die Spülung. Das hätte ich am liebsten gleich heute Morgen getan, als sie mir dieses Zeug aufgetischt hatte. Sie wusch meinen Napf aus und füllte ihn mit Bashe, meinem Lieblingsfresschen. Na bitte, geht doch! Ausgehungert stürzte ich mich auf das frische, herrlich duftende Futter und schlang alles in Rekordzeit hinunter. Sarina hatte sich eine Limonade aus dem Kühlschrank genommen und war ins Wohnzimmer gegangen. In einer Ecke des Wohnzimmers befand sich ein Schreibtisch, auf dem so ein flacher Kasten stand. Jeden Abend klappte sie den oberen Teil dieses Kastens hoch. Das hochgeklappte Teil wurde dann hell und erwachte irgendwie zum Leben. Auf dem unteren Teil des Klappkastens, wo sich lauter flache Klötzchen mit merkwürdigen Zeichen drauf befanden, tippte sie dann herum und diese merkwürdigen Zeichen erschienen dann auch auf dem oberen, beleuchteten Teil. Manchmal piepste dieses Dings oder eine fremde Stimme sagte: „Sie haben Post." Am Anfang bin ich nach diesem Hinweis gleich zur Katzenklappe gelaufen, aber der nette Briefträger, der fast jeden Morgen kam, war nirgends zu sehen. Und Post war auch keine da. Merkwürdig.

Nun liege ich meistens auf Sarinas Schoß und versuche zu ergründen, was sie da treibt. Manchmal, wenn dieses Ding sagt, dass Post da sei, lächelt Sarina. Und einmal hat sie mir die Fotografie von einem Langbeiner gezeigt. „Schau mal, Cleo", sagte sie, „sieht der nicht nett aus?" Ich spürte ihre Aufregung. Ja, er sah ganz nett aus, aber ich konnte ihn nicht riechen. Das heißt, dieses Dings, auf dem Sarina immer herumtippte, roch wie immer. Ich konnte den Geruch von diesem Langbeiner nicht wahrnehmen. Also wusste ich noch nicht, ob ich ihn riechen konnte oder nicht. Da verstehe einer die Langbeiner! Es sah fast so aus, als hätte sich Sarina in diesen Langbeiner verliebt, ohne ihn jemals gerochen zu haben. Langsam machte ich mir wirklich Sorgen um mein Frauchen. Ach, könnte ich ihr doch nur eine richtige Freundin sein! Als Erstes würde ich ihr raten, erst mal abzuwarten, wie der Typ riecht. Mein Liebesleben sah zwar nach Alfreds Tod im letzten Jahr auch nicht mehr so rosig aus, aber immerhin hatte ich bis vor Kurzem noch ein Liebesleben. Nun schleichen ab und zu ein paar neue Verehrer ums Haus, mehr oder weniger stattliche Kater, die mir hin und wieder Mäuse auf die Terrasse legen. Aber um Sarina mache ich mir wirklich langsam Sorgen. Bei meinem Frauchen habe ich, solange ich hier wohne, noch nie einen Langbeiner gesehen, der ihr mäuseähnliche Geschenke brachte. Keine Ahnung, was Langbeinermännchen ihren Auserwählten vor die Tür legen. Fleisch vom Metzger? Oder Fertigfutter von der Imbissbude? Ist Sarina nur deshalb noch allein, weil der Hund vom Nachbarn diese Geschenke heimlich wegfuttert? Vielleicht sollte ich mich auf die Lauer legen und unsere Eingangstür im Auge behalten. Jedenfalls war noch nie ein männlicher Langbeiner bei uns zu Besuch. Aber wenn ich mir's so überlege, ist es kein Wunder, dass Sarina keinen Freund hat. Denn jeden Tag geht sie ins Badezimmer und badet dort oder duscht. Das ist ja auch so weit okay, dagegen will ich ja gar nichts sagen. Aber wenn sie sauber ist, dann schmiert sie sich übel riechendes Chemiezeug überall auf die Haut und dieselt sich dann noch mit Spraydosen und kleinen Flakons ein, dass es einem den

Atem verschlägt. Spätestens, wenn Sarina zur Spraydose greift, ist der Moment gekommen, in dem ich das Bad fluchtartig verlasse. Langsam mache ich mir Sorgen. Sie kann ja kein Männchen abkriegen, wenn sie sich immer so eindieselt. Dabei hätte sie ohne diesen ganzen Chemiekram so einen wunderbaren natürlichen Duft. Darum wälze ich mich gern in dem Haufen getragener Wäsche, der jedes Wochenende neben der Waschmaschine liegt. Ich liebe es, wenn es nach Sarina duftet, nicht nach Chemie. Am allerliebsten mag ich ihre Socken.

## 3. Kapitel

*„Ich musste es tun. Schon wieder. Ich sah diese roten Locken und das freche Grinsen, da musste ich ihr einfach folgen. Es war nicht geplant. Doch der Drang, dieses Miststück zu beseitigen, war übermächtig. Ich war nicht darauf vorbereitet, doch vielleicht würde sich eine günstige Gelegenheit ergeben. Also folgte ich ihr durch die Stadt, wartete wie zufällig vor Geschäften, in denen sie Besorgungen machte, stand am Hotdogstand hinter ihr in der Schlange. Sie bemerkte mich nicht. Sie traf eine Bekannte und schnatterte lautstark drauflos. Sie ließ sich über ihren Ex-Mann aus und schien ihr Single-Leben sehr zu genießen. Perfekt. Sie wohnte anscheinend allein. Als ob das noch nicht genug des Guten wäre, schlug sie nach diesem kurzen Stopp eine Richtung ein, die mir sehr gelegen kam. In dieser Gegend kannte ich mich aus. Hier war mein Jagdrevier. Nach etwa zwanzig Minuten wurden ihre Schritte langsamer und sie kramte in der Handtasche nach dem Schlüssel. Wir waren anscheinend angekommen. Sie ging die Einfahrt hinauf, schloss die Tür auf und verschwand in dem hübschen Einfamilienhäuschen. Ich sah mich um. Auf der*

*Straße war niemand zu sehen; keiner der Nachbarn hielt sich im Garten auf; niemand schaute aus dem Fenster. Trotzdem war es riskant. Ich wusste viel zu wenig über sie. Es hätte sein können, dass noch jemand im Haus war, doch jetzt war mir alles egal. Ich folgte ihr zur Haustür und drückte die Klingel. Sie öffnete mir arglos. Die Tür war noch nicht ganz offen, da packte ich mit beiden Händen ihren Hals, schob sie ins Haus zurück und trat mit dem Fuß gegen die Tür, sodass sie ins Schloss flog. Ich hielt sie am Hals gepackt und lauschte. Meine Sinne waren geschärft, wie die eines Raubtiers. Das Ticken einer Wanduhr hallte aus einem der Zimmer; ein Kühlschrank brummte, ansonsten war kein Laut zu hören. Sie war allein. Ich konnte mir Zeit lassen und mein Werk in aller Ruhe vollenden. Ich sah ihren Schlüsselbund, den sie auf dem kleinen Garderobenschränkchen abgelegt hatte. Es würde also auch kein Problem sein, heute Abend noch einmal her zu kommen, um eine Tarotkarte neben der Leiche zu platzieren.*

*Es ist jedes Mal anders und doch immer gleich: Ich liebe die Angst in ihren Augen. Ich kann ihre Panik fast körperlich spüren, wenn sie schreien wollen, aber nicht können, weil sich meine Finger um ihre Kehle schließen. Und zudrücken. Am schönsten ist es, wenn man den Kehlkopf zerquetscht hat. Man kann getrost loslassen, denn es gibt dann keine Rettung mehr. Aber der Tod wird sie erst in etwa acht oder neun Minuten ereilen. Sehr lange Minuten. Die Erkenntnis in ihren Augen, wenn sie begreifen, dass das Grauen erst seinen Anfang genommen hat, ist einfach überwältigend. Wenn ich das Messer aus meiner Manteltasche hervorzaubere, sind sie starr vor Entsetzen. Und sie schnappen nach Luft, wie Fische auf dem Trockenen. Die Augen treten fast aus ihren Höhlen heraus, als bekämen sie Stielaugen. Oder liegt das am langsamen Ersticken? Egal. Die Schlampen begreifen schnell, wer hier das Sagen hat. Jetzt zetern sie nicht mehr. Sie wollen, dass ich Mitleid mit ihnen habe. Sie können es natürlich nicht sagen, aber ich lese es in ihren Augen. Mitleid! Es gibt kein Mitleid. Das Urteil ist längst gefällt."*

Die Terrassentür öffnete sich und Bobby, der kleine Kläffer der Lehmanns, schoss aus dem Haus, als hätte er einen Raketenantrieb. Er preschte durch den Garten, blieb vor dem gegenüberliegenden Zaun stehen und bellte das Nachbarhaus an. Dieses merkwürdige Verhalten zeigte er schon seit Tagen. Frau Lehmann, die schon ahnte, was kommen würde, spurtete hinter ihm her, packte ihn am Halsband und schleifte ihn zurück ins Haus. Es war nicht möglich, ihn in den Garten zu lassen, ohne dass er die Nachbarschaft zusammenbellte.

„Diese bekloppten Langbeiner!", dachte Bobby, „Die kriegen auch überhaupt nichts mit! Ich belle mir hier einen Ast, und die sagen nur: ‚Bobby, sei ruhig! Hör auf zu bellen! Komm da weg!' Merken die es noch? Was soll ich denn noch anstellen, bis die mitkriegen, dass da was nicht stimmt?" Bobby ließ Kopf und Rute sinken und trottete zu seinem Körbchen. Dort rollte er sich ein und schmollte mit der ganzen Welt.

Irgendwas hatte der Hund, da waren sich die Lehmanns einig. Sie waren beunruhigt. Und bei dem, worüber seit Tagen in den Zeitungen berichtet wurde, hatten sie auch allen Grund, beunruhigt zu sein. Sie wussten, dass ihre Nachbarin, Frau Sommer, allein lebte. Vor ein paar Wochen hatte sie ihren Mann vor die Tür gesetzt. Das damit einhergehende Theater war filmreif gewesen und die ganze Nachbarschaft war für Wochen mit Tratsch versorgt worden. Nun überlegten die Lehmanns, wann sie Frau

Sommer zuletzt gesehen hatten. Ihr wird doch nichts passiert sein? Schon merkwürdig, wie sich der Hund verhielt. Sie konnten sich nicht daran erinnern, abends Licht im Nachbarhaus gesehen zu haben. Frau Sommer hatte auch nicht erzählt, dass sie wegfahren wollte. Das hätte sich bestimmt herumgesprochen und die Klatschtanten des Viertels hätten ihr sicher ein Verhältnis angedichtet.
Die Lehmanns nahmen sich vor, am Abend darauf zu achten, ob Licht im Haus eingeschaltet werden würde oder ob sich dort sonst etwas rührte.
Doch Frau Lehmann, eine sportliche junge Frau mit blonder Stoppelfrisur, fand keine Ruhe. Sie sah auf ihren beleidigten kleinen Hund hinunter, der sich grade in seinem Körbchen herumgedreht hatte und nun die Wand anstarrte. Nach einer Weile sagte sie: „Lass uns doch mal nachsehen. Wir klingeln drüben, dann werden wir ja sehen, ob sie öffnet."
„Und was sagen wir, wenn sie dann in der Tür steht?", fragte ihr Mann, der am Küchentisch saß und in einem Katalog für Sicherheitstechnik blätterte.
„Hm ..." Sie sah sich um und ihr Blick fiel auf Rambo. Der schon etwas ramponiert aussehende schwarze Kampfkater ging seit dem letzten Sommer bei ihnen ein und aus. Er war

eines Tages wie aus dem Nichts aufgetaucht und hatte dem kleinen Hund der Lehmanns das Leben gerettet, als ein großer Rottweiler zähnefletschend über ihn hergefallen war. Der große schwarze Kater kam damals aus den Büschen gepprescht und hatte dem Rottweiler eine Tracht Prügel verpasst, die sich gewaschen hatte. Der Rottweiler wurde nie wieder in der Gegend gesehen. Aus irgendeinem Grund hatte der Kater einen Narren an ihrem Bobby gefressen. Sie hingen seither zusammen wie die Kletten. Irgendwann brachten die Lehmanns dann sogar eine Katzenklappe für den Herumtreiber an. Nun besuchte der Kater sie regelmäßig, nahm brav die Gunstbezeugungen der Lehmanns entgegen, fraß sich satt und ließ sich manchmal sogar zu einem Schläfchen nieder. Aber über Nacht blieb er nie, dafür liebte er seine Freiheit viel zu sehr. Es amüsierte die Lehmanns immer wieder, wenn Hund und Kater nacheinander durch die Katzenklappe schlüpften. Es sah schon witzig aus, wenn die beiden in trauter Zweisamkeit durch den Garten spazierten. Doch seitdem sich Bobby so seltsam verhielt und ständig das Haus von Frau Sommer anbellte, hatten sie die Katzenklappe verriegelt. Nun thronte Rambo, den die Lehmanns nur „Kater" nannten, auf seinem Lieblingsplatz ganz oben auf dem

Garderobenschrank und schien die Unterhaltung interessiert zu verfolgen, wobei sein ausgefranstes Ohr nervös zuckte. Er war nicht der Typ, dem man einen niedlichen Namen verpasste. „Rambo" nannten ihn auch nur seine Katzenkumpels. Aber das wussten die Lehmanns natürlich nicht. Als er merkte, dass Frau Lehmann ihn betrachtete, wandte er gelangweilt den Blick ab. Dann schlang er ein Bein um seinen Nacken und putzte sich auf seine vornehme Art. Doch als vornehm konnte man Rambo eigentlich nicht bezeichnen. Mit seinem ausgefransten Ohr und der abgeknickten Schwanzspitze sah er immer noch wie ein Straßenräuber aus, wenn auch inzwischen wie ein äußerst wohlhabender, gut genährter Straßenräuber.

„Nun, wir könnten sie fragen, ob sie unseren Kater gesehen hat. Ach, irgendwas wird uns schon einfallen", meinte Frau Lehmann und fuhr fort: „Wenn wir nicht rübergehen und ihr ist irgendwas passiert, dann würde ich mir ewig Vorwürfe machen."

„Also gut. Ich klingele bei ihr. Du bleibst hier und verschließt die Tür. Leg die Kette vor!" Herr Lehmann nahm seine Jacke vom Haken, schlüpfte in seine Schuhe und war in der nächsten Sekunde schon zur Tür hinaus.

„Na endlich!", dachte Bobby, als er sah, wie

sein Herrchen auf das Haus von Frau Sommer zusteuerte.

Als Herr Lehmann vor der Haustür stand und die Klingel gedrückt hatte, fiel ihm auf, dass die Tür nur angelehnt war. Er öffnete sie einen Spaltbreit und rief: „Hallo? ... Frau Sommer? ... Sind Sie da? ... Ist alles in Ordnung?" Die Antwort war eisiges Schweigen und eine dunkle Ahnung, dass hier irgendetwas ganz und gar nicht stimmte. Oder lag das an diesem abstoßenden Geruch, der aus dem Türspalt quoll? Hatte der Hund so ein Theater veranstaltet, weil er diesen Geruch schon viel früher wahrgenommen hatte? Das war kein gutes Zeichen. Herr Lehmann stieß die Tür ganz auf. Der Geruch des Todes umfing ihn und das Summen von tausend Fliegen hallte durch die Stille. Sein Blick fiel auf eine Blutspur, die sich den ganzen Flur entlangzog. Auf gar keinen Fall wollte er hineingehen. Er zog sein Handy aus der Tasche und wählte die Nummer der Polizei.

## 4. Kapitel

Nachdem sich Kollege Thiemann zum LKA verabschiedet hatte, war Kriminalhauptkommissar Steiner eine junge Kollegin zugeteilt worden: Paula Rösner.
Er fragte sich seither jeden Tag, ob er sich darüber freuen sollte oder ob man ihm damit eins auswischen wollte. Kommissarin Rösner war bereits durch mehrere Dezernate gereicht worden. Doch das war es nicht, was ihn störte. Es war auch nicht ihr merkwürdiges Aussehen, ihre kurzen schwarzen Stoppelhaare, die sie scheinbar unter Anwendung irgendeines Frisiergels zu lauter kleinen Spitzen zusammendrehte, sodass sie wie ein kleiner Igel aussah. Ihn störten auch nicht ihre finster geschminkten Augen und die schwarzen Klamotten, die sie ständig trug. Sie stakste auf riesigen Plateauschuhen umher, die aussahen, als seien sie drei Nummern zu groß, und ihr einziger Schmuck war so eine Art Hundehalsband mit spitzen Nieten, das auf eine verstörende Weise zu ihrer Igelfrisur passte. Jeden Morgen, wenn Paula ins Revier kam, starrten die Kollegen sie an wie eine Fliege, die in die Suppe gefallen ist. Doch

Steiner war das egal. Sollten die Leute doch rumlaufen, wie sie wollten. Was ihm jedoch missfiel, war ihre große Klappe und die ständig schlechte Laune, die sie wie ein Modeaccessoire mit sich herumtrug. Sie schien von Natur aus übel gelaunt zu sein. Selbst wenn sie gute Laune hatte, was selten genug vorkam, war sie grummelig und zynisch. Niemand schien mit ihr auskommen zu können. Nun war sie ihm aufs Auge gedrückt worden. Zunächst konnte er nicht viel mit ihr anfangen, doch mit der Zeit erkannte er ihr Potenzial. Sie besaß einen messerscharfen analytischen Verstand und ein fotografisches Gedächtnis. Außerdem war sie in der Lage, Informationen aus dem Internet zu filtern wie kein anderer. Wahrscheinlich wussten die Betroffenen nicht mal selbst, was man alles über sie herausfinden konnte. Sie war die beste Ermittlerin, mit der er je zusammengearbeitet hatte. Und da Kommissar Steiner ein Mann war, den so schnell nichts aus der Ruhe brachte, ignorierte er ihre Launen. Ihre gelegentlichen Wutausbrüche bedachte er allenfalls mit einem milden Lächeln. Niemand hatte ihn je aus der Haut fahren sehen. Es schien, als ob Kommissarin Rösner ihm das hoch anrechnete, denn nachdem die ersten drei Monate ihrer Zusammenarbeit ohne Diskussionen über ihr Aussehen oder ihr

Verhalten verstrichen waren, schenkte sie ihm — zur Überraschung sämtlicher grade anwesender Kollegen — ein Lächeln.

Nun war es sogar so weit gekommen, dass sie sich zu so etwas Ähnlichem wie einem Team zusammengerauft hatten. Oder zu Opa und Enkelin? Manchmal hatte er diesen Eindruck. Aber das konnte natürlich daran liegen, dass er ohne Weiteres ihr Großvater hätte sein können. Obwohl er noch fit war wie ein älteres Modell von einem Turnschuh, freute er sich doch schon auf seine Pensionierung. Die meisten seiner Kollegen mochten ihm sein Alter nicht recht glauben, denn der verschmitzte Blick seiner blauen Augen ließ ihn jungenhaft erscheinen. Kommissar Steiner hatte immer noch die Statur eines Schwergewichtsringers und in seinem Mantel wirkte er wie ein aus Granit gehauenes Standbild. Seine Haare waren über die Jahre silbergrau geworden, an den Schläfen richtig weiß. Doch sie waren immer noch voll und der kurze, akkurate Schnitt betonte seine aristokratischen Gesichtszüge, zu denen sein knitteriger Anzug nicht recht passen wollte. Sein hervorstechendstes Merkmal waren jedoch seine seltsamen blauen Augen, die ihre Farbe ändern konnten, je nachdem, wie das Licht hineinfiel oder wie seine Laune war. Mal waren sie lichtblau, wie der klare Himmel an einem Frühlingsmorgen; manchmal meerblau, mysteriös, sanft und unergründlich; seltener war sein Blick stahlblau, wie Kugellager, genauso hart und unerbittlich. Auch wenn ihn manche Kollegen schon lange kannten, sie waren immer wieder verblüfft von seinen Blicken. Kein Wunder, dass im Verhör so viele Ganoven einknickten. Wahrscheinlich musste er sie nur eine Weile ansehen. Wie auch immer.

Nun, ein halbes Jahr vor seiner Pensionierung, mussten ihm ausgerechnet diese Mordfälle den Abgang vermiesen. Drei alleinstehende Frauen! Als wenn ein Mordfall nicht gereicht hätte, dachte Steiner, als er an seinem vollgekramten Schreibtisch saß und das Telefon klingelte.

„Was? Wo ist das? Wir sind unterwegs." Er legte den Hörer auf und sah zu seiner Kollegin hinüber. Kommissarin Paula Rösner starrte mit eiserner Miene in eine Akte und tippte nebenher auf ihrer Computertastatur herum.

„Schnappen Sie sich Ihre Jacke, wir haben noch eine Leiche", sagte Steiner, während er aufsprang, zur Tür eilte und seine Jacke vom Haken riss.

„Ne, oder?" Auch Paula Rösner griff nach ihrer Jacke und rannte Steiner hinterher, der schon hinausgestürmt war. Ganz schön flott für sein

Alter, dachte sie und versuchte, mit ihm Schritt zu halten, doch erst auf dem Parkplatz, als er den Wagen entriegelte, gelang es ihr, ihn einzuholen. Auf der Fahrt redeten sie kein Wort. Jeder dachte wohl daran, was sie jetzt erwartete, welch grausamer Anblick sich ihnen darbieten würde. Wieder führte sie ihr Weg in das Wohnviertel, das an die Parkstraße grenzte. Ein Streifenwagen war vor ihnen eingetroffen. Die Beamten warteten mit dem Zeugen, der die Leiche entdeckt hatte, gleich neben dem Einsatzfahrzeug.
„Sie sind doch Herr Lehmann! Wir kennen uns doch." Steiner trat auf den kalkweißen Herrn zu und reichte ihm die Hand. „Ihre Familie ist wohl hier in der Gegend für das Auffinden der Toten zuständig", scherzte er.
Herr Lehmann verzog den Mund zu einem schiefen Grinsen.
„Entschuldigung, das war unangemessen. Ich glaube, ich mache diesen Job schon zu lange", sagte Kommissar Steiner. „Darf ich Ihnen meine Kollegin verstellen, Kommissarin Paula Rösner. Frau Rösner, das ist Herr Lehmann. Wir lernten uns im letzten Jahr kennen. Da hatte seine Frau einen anderen Nachbarn gefunden, der zu Tode gekommen war. Seltsamer Fall. Erzähle ich Ihnen später mal."
Er wandte sich wieder Herrn Lehmann zu.
„Der Kollege dort drüben wird Ihre Aussage

aufnehmen. Und wenn Doktor Zeisig kommt, lassen Sie sich eine Spritze verpassen und dann gehen Sie erst mal nach Hause. Sollten sich später noch Fragen ergeben, weiß ich ja, wo ich Sie finden kann." Er legte Herrn Lehmann zum Abschied die Hand auf die Schulter. Der arme Mann sah aus, als ob er jeden Moment in sich zusammensacken könnte. Es war höchste Zeit, dass Doktor Zeisig hier auftauchte. Der alte Pathologe hatte für derartige Anlässe immer die eine oder andere Beruhigungsspritze im Gepäck.

Kommissar Steiner und seine junge Kollegin durchquerten den Vorgarten. Als sie am Hauseingang ankamen, schlug ihnen Verwesungsgeruch entgegen. Steiner griff in seine Jackentasche und holte ein Paar Latexhandschuhe hervor. Ein wenig von dem Talkumpuder, mit dem das Innere der Handschuhe bestäubt war, wirbelte auf, als er sie anzog, und rieselte auf den Ärmel seines Mantels. Nachdem er auch über seine Schuhe hässliche blaue Überzieher gezogen hatte, um nicht noch mehr Spuren zu legen, trat er ein.
Es war kalt im Haus. Hier musste seit Tagen nicht geheizt worden sein. So viele Jahre arbeitete er bei der Mordkommission und noch immer kroch ihn das Grauen an, wenn er an einen Tatort kam. Seine Augen wanderten

durch den Flur. Ganz vorn stand ein Schuhregal neben einem Abtreter. Ein Stück weiter hingen zwei Jacken an einer Garderobe. Damenjacken. Die gegenüberliegende Wand zierten drei Gemälde: weiße Strände, Palmen und viel blaues Meer, sehr detailreich gemalt, wie aus einem Reiseprospekt. Die Bilder waren gerahmt und sahen teuer aus. Links und rechts des Flurs gingen Türen ab. Am anderen Ende stand ein kleines Tischchen, über dem ein großer runder Kristallspiegel angebracht war. Die erste Tür links führte in eine Wohnküche. Durch die Tür rechts gelangte man in ein großzügiges Wohnzimmer. Beide Räume waren aufgeräumt, teuer eingerichtet und es schien nichts zu fehlen. Es gab keine Spuren eines Kampfes, keine herausgezogenen Schubladen oder offenen Schränke. Steiner ging weiter den Flur entlang; folgte der Blutspur und mit jedem Schritt wurde der Gestank penetranter. Er spürte, wie sich seine Nackenhaare aufrichteten. Die zweite Tür links führte ins Badezimmer. Und da war sie, oder besser gesagt, da hing sie. Der Täter hatte sich die Zeit genommen, die Deckenlampe abzumontieren, um stattdessen das Opfer kopfüber aufzuhängen. Dafür hatte er einen Fleischerhaken benutzt. Den oberen Teil des Hakens hatte er in die Öse eingehängt, die für die Deckenlampe gedacht war. Um den rechten Fuß des Opfers hatte er eine Schlinge gelegt und sie damit an den unteren Teil des s-förmigen Hakens gehängt. Das linke Bein war merkwürdig hinter dem anderen verschränkt. Die ganze Szene erinnerte an einen Schlachthof, wo die Rinderhälften auf ähnliche Weise aufgehängt werden. Gestorben war die Frau anscheinend an einem tiefen Schnitt durch die Kehle. Eine Wolke neugieriger Fliegen umschwirrte die Tote. Die Hautflügler mussten ihr Sexleben hemmungslos ausgekostet haben, denn der Leichnam und die riesige Blutlache wimmelten nur so von Maden. Bei diesem Anblick musste sogar der hart gesottene Kommissar ein Würgen unterdrücken. Doktor Zeisig, der alte Pathologe, würde seine helle Freude haben. Unter der Leiche, die vollständig ausgeblutet sein musste, war eine Tarotkarte in dem zwischenzeitlich schwarzbraun geronnenen Blut platziert worden. Es war die Karte des Gehängten. Steiner griff in die Innentasche seiner Jacke, holte seine Brille hervor, beugte sich über die Karte und starrte sie an. Die Tote war genauso drapiert worden wie der Gehängte, dessen Bild die Spielkarte zierte. Er hatte also wieder zugeschlagen. Nun gab es keinen Zweifel mehr: Sie hatten es mit einem Serienmörder zu tun. Steiner hatte genug gesehen. Mit einem mulmigen Gefühl im Magen verließ er den Tatort.

Draußen traf er auf seine Kollegin. Die unerfahrene junge Beamtin hatte sich nicht überwinden können, den Gestank des Todes zu ignorieren und den Tatort zu besichtigen. Steiner würde das schon machen, dachte sie. Um ihre Schwäche zu überspielen, hatte sie das Haus umrundet, um eventuelle Einbruchspuren zu finden oder auszuschließen.

Als Steiner jetzt in der Tür stand, sah er sie vorwurfsvoll an, doch er sagte nichts. Er wollte sie vor den Streifenbeamten nicht bloßstellen. Das wusste sie und das rechnete sie ihm hoch an. Sie vermutete, dass Steiner sie im Revier darauf ansprechen würde. Es war ein wichtiger Teil ihrer Arbeit. Obwohl sie immer die harte, toughe Polizistin herauskehrte, konnte sie diesen Anblick, dieses Grauen, das man an den Tatorten körperlich spüren konnte, nicht ertragen. Sie war gern Ermittlerin, doch ihr reichten die grausigen Tatortfotos, die jedes noch so kleine Detail festhielten, vollkommen aus. Wenn sie die Aufnahmen betrachtete, war es, als würde sie einen Gruselfilm anschauen. Die Fotos waren grausig und schlimm, aber irgendwie nicht real. Wenn sie jedoch einen Tatort besichtigte und diese ganze Atmosphäre des Grauens Besitz von ihr ergriff, dann drehte sich ihr regelmäßig der Magen um. Den Verwesungsgeruch bekam sie den ganzen Tag nicht aus der Nase, nachts wachte sie schweißgebadet auf und konnte dann nur mit eingeschalteter Nachttischlampe weiterschlafen, aber auch erst, nachdem sie unter ihrem Bett nachgeschaut hatte. Sie wusste nicht, wie lange sie sich noch darum würde drücken können, einen Tatort zu besichtigen.

Als sie wieder im Revier waren und Steiner die Tür hinter ihnen beiden geschlossen hatte, kam das Unvermeidliche.

„Immer werden Sie sich nicht davor drücken können", meinte Steiner und lächelte nachsichtig. „Spätestens, wenn ich in Pension gehe, müssen Sie da allein durch. Es wäre gut, wenn Sie mich jetzt schon zu den Tatorten begleiten würden. Und ich meine, nicht nur hinfahren. Auch reingehen! Ich könnte Ihnen zeigen, worauf Sie achten müssen. Sie müssen sich nur überwinden."

„Sie haben ja recht und ich weiß, dass ich mir den Tatort hätte ansehen müssen. Aber wenn ich diesen Verwesungsgeruch schon draußen in der Nase hab, sträubt sich alles in mir, dort hineinzugehen. Ich will ja auch nicht den Tatort verunreinigen, wenn ich mich drinnen übergeben muss."

„Ich verstehe Sie, Paula", sagte Steiner väterlich. „Mir ging es genauso, als ich jung war, und die ersten Male wollte ich mich auch darum drücken. Ein älterer Kollege hat mir damals eine Geheimwaffe an die Hand gegeben, die ich nun an Sie weitergeben möchte." Steiner grinste wissend. Er griff in seine Hosentasche und zauberte eine winzig kleine Dose hervor. „Tigerbalsam. Reiben Sie sich etwas davon unter die Nase, bevor es an einen Tatort geht, dann kann Sie der Geruch nicht mehr umhauen. Nur noch die schrecklichen Bilder. Aber dazu kommen wir später, wenn Sie mich mal an einen Tatort begleiten. Da gibt es nämlich auch einen Trick." Lächelnd reichte er ihr das Döschen.

Kommissarin Rösner hatte mit einem Rüffel gerechnet, aber dieser Steiner schaffte es immer wieder, sie zu überraschen.

„Danke, Tom", sagte sie verlegen. In diesem Moment wollte ihr beim besten Willen keine flapsige Bemerkung einfallen.

Seit einiger Zeit hatte sie das Gefühl, dass dieser Tom Steiner etwas Besonderes war. Sie fühlte sich auf merkwürdige Weise zu ihm hingezogen. Nicht sexuell, nein. Dafür war er viel zu alt. Er war eher der Typ Vater, den sie sich immer gewünscht hatte. Er verhielt sich ihr gegenüber äußerst korrekt; er würde nie etwas Verbotenes tun. Und er sah ihrem Vater ähnlich — ihrem richtigen Vater, wie sie ihn in Erinnerung hatte. Natürlich hatte ihr Vater damals noch keine grauen Haare gehabt. Es waren vielmehr die Augen, die sie an ihn erinnerten. Ihr Vater war bei einem Motorradunfall ums Leben gekommen, als sie acht Jahre alt war. Lange Zeit konnte sie nicht begreifen, dass er nie wieder nach Hause kommen würde. Wochenlang hatte sie am Fenster gesessen, hatte auf ihn gewartet. Als ihre Mutter zwei Jahre später seine Sachen entsorgte, war sie so wütend und verzweifelt, dass sie einen Monat lang nicht mit ihr sprach. Ihre Mutter hatte jedoch einen guten Grund, die Sachen ihres Vaters zu entsorgen. Es gab einen neuen Mann in ihrem Leben. An die Möglichkeit, dass sich ihre Mutter neu verlieben könnte, hatte Paula bis dahin überhaupt nicht gedacht. Als sie eines Morgens im Bad war und voller Inbrunst ihre Zähne putzte, flog die Tür auf und ein glotzäugiger Fiesling, der nichts als eine gestreifte Unterhose trug, kam hereingepoltert. Sie hatte lautstark protestiert, was er jedoch glatt überhörte.

„Morgen", hatte er gemurmelt und sie von oben bis unten gemustert, wie sie da in Unterwäsche vor ihm stand. Von ihrem anhaltenden Gezeter ließ er sich nicht im Geringsten stören. Er ging an ihr vorbei zur Toilette, als ob sie überhaupt nicht da wäre. Paula bekam vor Schreck den Mund nicht zu. Sie verschwand eiligst aus dem Bad und verbarrikadierte sich in ihrem Zimmer. Erst nachdem ihre Mutter sie zum dritten Mal zum Frühstück gerufen hatte, ging sie widerwillig in die Küche. Der Tisch war an diesem Morgen besonders hübsch gedeckt. Ihre Mutter hatte alles aufgetafelt, was der Kühlschrank hergab. Dieser schreckliche Kerl fläzte sich wie selbstverständlich auf den Platz ihres Vaters, grinste breit und blinzelte ihr mit seinen Froschaugen zu. Sie bekam an diesem Morgen keinen Bissen hinunter. Zwei Wochen später zog er bei ihnen ein, kurz vor ihrem zehnten Geburtstag.

Ihre Mutter und der Fiesling arbeiteten in wechselnden Schichten und so war mal der eine abends zu Hause, mal der andere. Ihre Mutter fand das praktisch. Immerhin war Paula nun ein Teenager. Wer weiß, auf was für dumme Ideen Teenager so kommen. Da war es gut, wenn jemand auf sie aufpasste. Doch ihre Mutter hätte lieber daran denken sollen, auf welche dummen Ideen alte Widerlinge kommen, wenn sie mit der minderjährigen Tochter allein zu Hause sind.

An einem heißen Sommertag war Paula aus der Schule gekommen, hatte ihre Schultasche abgestellt und ihre Schuhe ausgezogen. Barfuß ging sie in die Küche, um sich eine Cola aus dem Kühlschrank zu holen. Froschauge saß am Küchentisch.

„Hallo, Süße", sagte er süffisant, als sie hereinkam. Er erhob sich und stellte den Stuhl beiseite. Paula ignorierte ihn, wie immer. Da packte er sie und warf sie bäuchlings über den Küchentisch. Sein schwerer Körper lag plötzlich auf ihr. Sie hatte nicht die Kraft, ihn wegzustoßen. Sie wehrte sich, zappelte und schrie, doch sie hatte nicht die geringste Chance. Mit einer Hand hielt er sie fest, während er mit der anderen Hand ihren Slip herunterzog. Dann tasteten seine Finger zwischen ihren Beinen. Sie wand sich wie ein Aal, doch das schien ihn noch mehr zu erregen. Er öffnete seine Hose. Sie schrie auf, als er in sie eindrang. Ein Schmerz, wie sie ihn noch nie gefühlt hatte, schien sie zu zerreißen. Sie schrie bei jedem der heftigen Stöße, bis er sich an ihr abreagiert hatte. Als er fertig war, fauchte er sie an, er würde ihr das Leben zur Hölle machen, wenn sie ihrer Mutter auch nur ein Sterbenswörtchen erzählen sollte. Dann zog er seine Hose hoch, machte sich eine Bierflasche auf und ging ins Wohnzimmer. Paula sank auf den Küchenfußboden, krümmte sich vor Schmerzen und wimmerte leise.

Als ihre Mutter in der Nacht nach Hause kam und wie immer in ihr Zimmer schaute, weinte Paula. Ihre Mutter setzte sich zu ihr ans Bett. Paula fiel ihr um den Hals, krallte sich an ihr fest. „Was hast du denn, Mäuschen?", fragte ihre Mutter liebevoll. Paula zeigte ihren blutigen Slip, brachte aber vor lauter Schluchzen kein Wort heraus.

„Ach Süße, das ist nicht schlimm", hörte sie ihre Mutter sagen. „Du bist nicht krank, du bist jetzt eine Frau. Das Blut kommt von jetzt an jeden Monat. Das ist ganz normal, da musst du keine Angst haben. Im Bad gibt es Damenbinden und Tampons. Die hast du doch bestimmt schon entdeckt." Paula nickte. „Probier aus, was dir besser gefällt. Nimm am besten erst mal die Binden." Ihre Mutter strubbelte ihr noch mal durch die Haare, dann ging sie lächelnd hinaus.

Die Übergriffe ihres Stiefvaters wiederholten sich von nun an regelmäßig. Noch zwei, drei Mal versuchte sie, es ihrer Mutter zu sagen. Doch die unterbrach Paula jedesmal, weil sie keine Zeit hatte. Irgendwelcher Erwachsenenkram war ihr wichtiger. Paula zog sich immer mehr zurück, war in sich gekehrt. Sie schnitt sich ihre schönen langen Haare ab. Ratzekurz. Sie wollte hässlich sein, damit er sie in Ruhe ließ. Doch sie erreichte damit nur, dass ihre Mitschüler sie hänselten. Froschauge war egal, wie lang oder kurz ihre Haare waren, er missbrauchte sie weiter. Ihrer Mutter gegenüber bemühte er sich ständig, Paula in ein schlechtes Licht zu rücken. Er wollte einen Keil zwischen sie und ihre Mutter treiben. Er wollte sie isolieren. Sie sollte ihm auf Gedeih und Verderb ausgeliefert sein. Und es gelang ihm. Einmal, als er allein zu Hause war, entwendete er Geld aus dem Portemonnaie ihrer Mutter und versteckte es in ihrem Zimmer. Er erzählte ihrer Mutter, er habe Paula beobachtet, wie sie das Geld stahl. Sie sei damit in ihr Zimmer gegangen, wenn sie ihm nicht glaube, dann könne sie sich ja dort mal umsehen. Natürlich fand die Mutter das Geld. Als Paula nach Hause kam, gab es ein riesiges Donnerwetter. Paula beteuerte immer wieder ihre Unschuld, doch ihre Mutter glaubte ihr nicht. Schließlich hatte sie selbst das Geld bei ihr gefunden. Paula war für sie eine Diebin und Lügnerin. Das war es, was er erreichen wollte: In den Augen ihre Mutter sollte sie eine Lügnerin sein. Wenn sie ihr jetzt erzählen sollte, dass er sie missbrauchte, dann konnte er behaupten, dass das wieder eine ihrer Geschichten sei. Sie habe ihn ja noch nie ausstehen können.

Das Vertrauen, das Paulas Mutter in sie gesetzt hatte, war erschüttert. Sie stand nun ganz allein da. Sie war verzweifelt. Sie kam nicht gegen ihn an. Wenn sie nicht daran zerbrechen wollte, musste sie sich einen Schutzpanzer zulegen. Sie war nun nicht mehr das kleine Engelchen. Sie war ein störrischer Teenager, der sich nichts mehr sagen ließ und bei dem der Ärger schon vorprogrammiert schien. Ihrer Mutter gefiel das gar nicht, doch das war ihr egal. Ihre Mutter, die ihr einmal alles

bedeutet hatte, schrumpfte zu einer Randnotiz in ihrem Leben. Paula hörte auf zu hoffen, dass ihre Mutter wieder zu ihr halten würde. Wenn sie sie ansah, spürte sie keine Liebe mehr, nur noch Verachtung. Ihre Leistungen in der Schule verschlechterten sich. Sie begann, den Unterricht zu schwänzen, hing tagelang am Bahnhof rum, der zu ihrer zweiten Heimat wurde. Jeden Abend, wenn es für sie Zeit war, nach Hause zu gehen, tauchten die Gruftis auf. Zuerst ging Paula ihnen aus dem Weg. Die schwarzen Klamotten und die finster geschminkten Gesichter machten ihr Angst. Doch dann merkte sie, dass sich unter der martialischen Aufmachung nette Leute verbargen. Sie blieb immer länger, freundete sich mit einigen von ihnen an. Sie sah ihnen zu, wie sie Passanten anschnorrten, um Kleingeld oder Zigaretten zu bekommen. Die Gestalten der Nacht, wie sie die Gruftis gern nannte, lebten am Rande der Gesellschaft, aber sie waren frei. Nur sich selbst verpflichtet. Das gefiel Paula. Sie wollte auch frei sein. Deshalb war der Bahnhof für sie bald der schönste Platz auf der Welt. Sehnsüchtig schaute sie den abfahrenden Zügen hinterher. Irgendwann würde sie einsteigen und niemals wiederkommen. Doch jetzt traute sie sich das noch nicht.
Ein Jahr später stieg sie in einen Zug und fuhr in ein besseres Leben.

Vom Schaffner aufgegriffen, wurde sie erst der Polizei und dann dem Jugendamt übergeben. Dort hörte man ihr zu. Froschauge wurde verhaftet. Trotzdem wollte Paula auf gar keinen Fall nach Hause. Nie wieder. Nach ein paar Wochen im Heim, die ihr wie Urlaub vorkamen, fand man für sie eine Pflegefamilie. Mit viel Verständnis, Geduld und Liebe gewannen die Pflegeeltern langsam ihr Vertrauen. Sie halfen ihr, die Untersuchungen und die Gerichtsverhandlung, in der ihr Stiefvater wegen Kindesmissbrauch verurteilt wurde, zu überstehen. Und sie zeigten ihr einen Weg auf, den Paula von da an zielstrebig verfolgte. Sie beendete die Schule und ging zur Polizei, um Schweine wie ihren Stiefvater dranzukriegen.

Was sie sich aus jenen furchtbaren Tagen bewahrt hatte, war ihre Vorliebe für die Farbe Schwarz und das Misstrauen Männern gegenüber. Nur wenigen schenkte sie ihr Vertrauen. Kommissar Tom Steiner war einer davon.

## 5. Kapitel

„Hast du schon gehört? Frau Sommer ist tot." Mich traf fast der Schlag, als ich ahnungslos unsere Terrasse betrat. Ich wirbelte herum, mein Fell gesträubt, sodass mein Schwanz wie eine Klobürste aussah. Doch mein Pelz glättete sich sofort, als ich einen alten Freund entdeckte. Der ramponierte Rambo, der schwarze Bandit, der neuerdings bei den Lehmanns residierte, saß neben unserer Hollywoodschaukel und neben ihm stand sein neuer bester Freund Bobby, der Kläffer der Lehmanns.
„Was macht ihr denn hier? Und wer zum Teufel ist Frau Sommer?", fragte ich überrascht. Ich ging auf Rambo zu und begrüßte ihn mit einem Nasenstubser, während ich den kleinen Kläffer ignorierte.
„Das ist unsere Nachbarin, sie wurde ermordet. Es soll schon das vierte Opfer sein! Du bist doch die Detektivkatze. Wir dachten, du könntest vielleicht herausfinden, wer der Mörder ist."
Daher wehte also der Wind. Im letzten Jahr hatte ich meinem Ruf als Detektivkatze alle Ehre gemacht. Und nun sollte ich wieder in

einem Mordfall ermitteln? Noch dazu bei den Langbeinern? Darauf hatte ich gar keine Lust.
„Das ist Sache der Langbeiner. Da mische ich mich nicht ein. Die sollen schön selber ihre Mörder jagen." Die beiden schienen enttäuscht zu sein, hatten dann aber doch ein Einsehen.
„Auf jeden Fall danke ich euch beiden, dass ihr hergekommen seid. Ich hatte mich schon gefragt, was bei den Langbeinern los ist. Seit einiger Zeit herrscht eine gedrückte Stimmung in unserem Revier. Mehr noch: Eine merkwürdige Aura aus drohendem Unheil hängt wie eine dicke Wolke über der Stadt. Die Angst der Langbeiner kann man fast mit den Krallen greifen. Aber nun wundert mich gar nichts mehr. Wenn ein Mörder umgeht, leuchtet es ein, dass mein Frauchen abends die Tür abschließt und die Kette vorlegt."
„Bei den Lehmanns ist es genauso", meinte Rambo nachdenklich, „die verbarrikadieren sich auch, sogar tagsüber. Herr Lehmann liest nur noch Zeitschriften über Sicherheitstechnik. Wenn nicht bald was passiert, wird er unser Zuhause in Fort Knox verwandeln. Sie riegeln sogar schon die Katzenklappe zu. Darum dachten wir, du könntest helfen, den Fall aufzuklären, damit wieder Ruhe einkehrt in unserem Revier. Aber du hast natürlich recht, es betrifft die Langbeiner." Rambo erhob sich und wandte sich zum Gehen. Dann blieb

er stehen und sah noch mal zurück: „Falls du es dir überlegen solltest und doch was unternehmen willst, dann sind wir dabei. Wir haben auch schon mit den anderen gesprochen. Mia, Speedy und Flunky würden auch wieder mitmachen. Was du auch planst, du kannst dich auf uns verlassen. Wir halten zusammen, wie im letzten Jahr." Er zwinkerte mir zu und Bobby, der Kläffer, wedelte mit dem Schwanz.

„Wie im letzten Jahr", sagte ich und sah den beiden nach, wie sie nebeneinander her in Richtung unserer Hausecke liefen.

„Wartet mal!", rief ich den beiden hinterher. Sie blieben überrascht stehen und sahen sich zu mir um.

„Rambo, hast du kurz Zeit? Kann ich dich was Persönliches fragen?"

„Klar, worum gehst denn?", fragte er neugierig.

„Nun ja", fing ich zögernd an. „Es ist eine Frage, die ich schon eine ganze Weile mit mir herumschleppe."

„Du machst es ja spannend", meinte Rambo, „was willst du denn wissen?"

„Wie bist du eigentlich auf den Hund gekommen?" Ich setzte mich und sah die beiden erwartungsvoll an.

„Das ist eine lange Geschichte", fing Rambo an. „Bobby, lauf schon mal nach Hause, ich komme dann nach." Bobby sah ein wenig enttäuscht aus, aber dann lief er ohne Murren heimwärts. Rambo sah ihm nach. Als Bobby um unsere Hausecke verschwunden war, kam Rambo zu mir herüber und setzte sich. Er sah nachdenklich aus, so als suchte er die richtigen Worte. Er leckte seine Pfote, dann begann er zu erzählen.

„Als wir uns im letzten Jahr kennenlernten, war ich ein Einsiedler. Ich konnte keinen in meiner Nähe dulden. Und wenn mir einer in die Quere kam, hab ich ihn nach Strich und Faden verprügelt. Besonders auf Kläffer hatte ich es abgesehen."

„Ja, ich weiß, dafür warst du berühmt. Hast dich mit Kläffern angelegt, die mehr als dreimal so groß waren wie du selbst, und hast sie in die Flucht geschlagen." Ich konnte meine Begeisterung kaum verbergen.

„Ich hatte meine Gründe. Dachte ich jedenfalls. Du musst wissen, ich war nicht immer ein Einsiedler, der seinen einzigen Lebenszweck darin sah, andere zu verhauen. Es war das Leben, das aus mir einen Einsiedler gemacht hatte. Ich war enttäuscht. Verbittert. Und ich gab der ganzen Welt die Schuld dafür. Denn ich wusste, dass es nicht meine Schuld war."

„Wie meinst du das?" Mir fiel auf, dass Rambo plötzlich nachdenklich wirkte, mehr noch: Er sah traurig aus.

„Weißt du, ich bin einmal glücklich gewesen,

als ich jung war. Ich lebte damals in einem Haus. Ich hatte eine Familie, die mich liebte. Die Kinder spielten mit mir, die Mutter gab mir die leckersten Happen. Ich war gern bei ihr in der Küche. Und den Mann störte ich mit Vorliebe beim Zeitunglesen. Abends, wenn die Familie vor der Flimmerkiste hockte, kuschelte und spielte ich mit ihnen allen. Zum Haushalt gehörte auch ein kleiner Hund. Er sah Bobby zum Verwechseln ähnlich. Wir waren die besten Freunde. Wir schliefen im selben Körbchen, wir spielten und kuschelten miteinander und wir fraßen sogar beide aus einem Napf. Aber als ich eines Tages von einem längeren Streifzug nach Hause kam, war die Wohnung leer. Meine Leute waren weg. Alle. Sogar die Möbel waren verschwunden. Den Hund hatten sie mitgenommen, nur mich hatten sie zurückgelassen. Tagelang wartete ich, aber sie kamen nicht wieder. Ich wollte sie suchen, doch ich wusste ja nicht, wo sie abgeblieben waren. Wohin sollte ich also laufen? Ich wartete am Haus in der Hoffnung, dass sie mich doch noch holen würden. Aber es war sinnlos. Sie kamen nicht. Stattdessen zog irgendwann eine neue Familie in unser Haus ein. Sie mochten keine Katzen und jagten mich weg. Doch es zog mich immer wieder in unseren Garten, der ja bis dahin auch mein Garten gewesen war. Dann musste ich feststellen, dass diese Neuen, die in unser Haus gezogen waren, auch einen Hund hatten. Der war nicht so nett wie mein kleiner Freund. Eines Tages kam er aus dem Haus gepprescht. Ich dachte, er wolle spielen, und tat so, als würde ich vor ihm weglaufen. Erst als ich seine Zähne spürte und ein stechender Schmerz von meinem hintersten Ende ausgehend durch mein Rückenmark bis ins Gehirn drang, merkte ich, dass es kein Spiel war. Der fremde Mann war in diesem Moment auf die Terrasse getreten und als er sah, wie dieses Ungetüm meinen Schwanz packte und grade dabei war, mich in der Luft zu zerreißen, feuerte er den Kläffer noch an: „Ja, fass die Katze! Los! Fass sie!" Ich weiß bis heute nicht, wie ich den zuschnappenden Zähnen entkommen konnte, doch in letzter Sekunde entwischte ich und konnte ich mich grade noch auf einen Baum retten. Das war verdammt knapp. Nach dieser unerfreulichen Begegnung zog ich mich von der Welt zurück, hab meine Wunden geleckt. Nach und nach verheilte alles, nur die abgeknickte Schwanzspitze ist geblieben. In der Einsamkeit ist dann etwas in mir vorgegangen. Die Trauer um meine Familie verwandelte sich in Verbitterung, die Liebe schlug um in Hass. Und ich wollte meinen Garten zurück. Ich war zu stolz, um klein beizugeben. Als ich wieder fit war, schlich ich in meinen Garten und legte mich auf die Lauer. Dieses Mal hatte ich das Überraschungsmoment auf meiner Seite. Ich würde nicht der Gejagte sein. Und mein Plan ging auf. Von meinem Versteck aus beobachtete ich den verhassten Kläffer, wie er aus dem Haus gerannt kam, durch den Garten spazierte, hier und da schnüffelte. Er war grade dabei, an meinen Apfelbaum zu pieseln, als ich auf ihn zulief. Mit glühenden Augen visierte ich ihn an. Er war so perplex, als er mich direkt auf sich zukommen sah, dass er sogar vergaß, zu bellen. Er stand einfach nur da. Ich glaube, es ist noch nie zuvor eine Katze direkt auf ihn zugelaufen; sie rannten immer alle vor ihm weg, was dann wahrscheinlich seinen Jagdtrieb auslöste. Wie auch immer. Ich lief auf ihn zu und hab ihm ohne jede Vorwarnung meine Krallen über die Nase gezogen. Er jaulte auf und wollte ins Haus laufen, doch ich jagte hinter ihm her, sprang auf seinen Rücken, krallte mich mit den Hinterpfoten fest, während meine Vorderpfoten weiter seine blutende Nase traktierten. So rasten wir durch den Garten, der jaulende Hund und ich, als Jockey auf seinem Rücken festgekrallt. Der Mann kam aus dem Haus gerannt, wollte seinem Hund zu Hilfe eilen. Er blieb dann aber stehen und beobachtete nur ungläubig die Szene. Nach ein paar Runden wilden Rittes durch den Garten sprang ich vom Rücken des Hundes, der sofort in gebückter Haltung mit eingeklemmtem Schwanz ins Haus rannte. Ich sah den Mann triumphierend an; fauchte mit gebleckten Zähnen in seine Richtung. Dann ließ ich ihn links liegen und stolzierte mit hoch erhobenem Schwanz davon. Die Sache war ein für alle mal geklärt: Es war wieder mein Garten. Sooft ich jetzt dort vorbeikam, verzog sich der Kläffer sofort ins Haus. Aber er hatte Glück, ich kam nicht mehr allzu oft. Die Erinnerungen an meine Familie und an die glückliche Zeit, die ich dort verbracht hatte, waren zu schmerzlich. Ich zog mich immer mehr zurück und wurde zu dem Einsiedler, den du im letzten Jahr kennengelernt hast. Seither bin ich keinem Kampf aus dem Weg gegangen. Ich wurde zu der lebenden Legende, der alle Halbstarken nacheiferten. Einem der Katerduelle verdanke ich mein ausgefranstes Ohr. Egal. Als dann Bobby im letzten Jahr auf der Versammlung auftauchte und meinem kleinen Freund von damals so ähnlich sah, als wären es Zwillinge, kam alles wieder hoch. Die Erinnerungen an die glücklichste Zeit in meinem Leben waren auf einen Schlag wieder präsent. Und als ich zufällig in der Nähe war, als Bobby von diesem Rottweiler angegriffen wurde, da stand für mich fest, dass ich meinem Kleinen helfen musste. Ich hätte nicht dabei

zusehen können, wie mein kleiner Freund von damals — denn das war er in diesem Moment für mich — von dem Rottweiler totgebissen wird. Dass ich durch mein Eingreifen auch die Herzen der ganzen Familie erobern würde, war mir zu diesem Zeitpunkt noch gar nicht bewusst. Aber so ist es passiert. Nun habe ich wieder eine Familie, ein Haus, einen Garten und meinen kleinen Freund Bobby. Das ist die ganze Geschichte. Alles ist fast so wie früher, nur ich bin etwas reifer geworden und hänge mein Herz nicht mehr allzu sehr an die treulosen Langbeiner." Wir schwiegen eine Weile. Eine Windböe fegte durch die Baumkronen. Unter der Hecke zankten sich zwei Amseln, bis eine schimpfend davonflog. Dann sagte Rambo: „Das ist schon eine komische Sache mit dem Schicksal. Manchmal denke ich, es musste alles so kommen. Hätte meine Familie mich damals nicht im Stich gelassen, dann hätte ich im letzten Jahr nicht Bobbys Leben gerettet."
„Da ist was dran", sagte ich nachdenklich. „Das ist wirklich eine komische Sache mit dem Schicksal. Was meinst du, ob alles vorherbestimmt ist?"
„Es kommt, wie es kommen muss", sagte Rambo. „Alles hat einen tieferen Sinn." Er blinzelte mir wissend zu. Dann erhob er sich, schlenderte durch unseren Garten und

verschwand unter der Hecke, genau an der Stelle, wo eben noch die Amsel gesessen hatte.
Der Wind nahm stetig zu. Er rauschte in den Büschen und wirbelte ein paar gelbe Blätter in die Luft. Die Schatten wurden schon länger. Bald würde Sarina nach Hause kommen. Ich unternahm einen Kontrollgang durch unseren Garten, bevor ich mich wieder ins Haus zurückzog, um am Küchenfenster nach meinem Frauchen Ausschau zu halten.

## 6. Kapitel

Eine halbe Stunde später saß ich im Schlafzimmer auf dem Bett und hatte so ein seltsames Hochgefühl im Bauch. Heute war ein großer Tag. Na, zumindest ein besonderer Tag. Ich wusste zwar noch nicht genau, was los war, aber irgendwas war heute anders. Sarina war merkwürdig aufgedreht gewesen, als sie von der Arbeit kam, und dann hatte sie eine Stunde vor ihrem Kleiderschrank gestanden. Sie hatte ein Teil nach dem anderen anprobiert, als ob sich die Sachen letzte Nacht im Inneren des Kleiderschrankes auf wundersame Weise verändert hätten. Ich habe den Kleiderschrank natürlich sofort von innen inspiziert. Aber Sarina hat mich wieder rausgeholt und meinte, ich würde dort nur meine Katzenhaare verteilen.

Als sie dann irgendwann fand, was sie suchte, hat sie es auf einem Bügel an die Tür des Kleiderschrankes gehängt. Sie kannte mich. Hätte sie das Kleid aufs Bett gelegt, dann hätte ich mich darauf niedergelassen. Dann nahm sie ein Bad und dieselte sich hinterher wieder mit diesem ganzen Chemiekram ein. Sie hatte ihre Haare gestylt. Mit mit den beiden hübschen

Haarspangen, die sie erst vor ein paar Tagen gekauft hatte, hatte sie die blonde Pracht an den Seiten hochgesteckt. Es sah fabelhaft aus, wie die silbernen strassbesetzten Spangen in dem goldglänzenden Haar schimmerten. Sie hatte sich angemalt — mehr als sonst — und dieses kleine schwarze Kleid angezogen. Bevor sie ging, strich sie sich wie gewohnt mit einer lässigen Handbewegung ihr langes Haar aus dem Nacken und ließ es über ihre Schultern fallen. Sie war mit Abstand der hübscheste Langbeiner, den ich je gesehen hatte. Das dachte ich schon an jenem Tag, als sie mich hierher brachte.

Aufgewachsen war ich auf einem Bauernhof, ziemlich weit weg von hier. Als Sarina kam und mit mir spielte, fühlte ich mich gleich zu ihr hingezogen. Ihr muss es genauso gegangen sein. Ich glaube, sie war von Anfang an in mich vernarrt. Als sie mich dann in einen Kasten sperrte und in eine dieser stinkenden lauten Blechbüchsen verfrachtete, mit der wir hierher fuhren, war ich mir zwar nicht mehr so sicher, aber als wir ankamen und ich meine neue Umgebung auskundschaftete, verstand ich, was passiert war. Sie hatte mich in mein neues Zuhause gebracht. Und sie gab sich wirklich Mühe, dass es mir hier gefiel. Ich hatte einen riesigen Kratzbaum ganz für mich allein. Sie kaufte nur mein Lieblingsfresschen

— meistens jedenfalls — und oft gab es Hühnerbrühe. Ich liebe Hühnerbrühe. Sie nahm sich Zeit, mit mir zu spielen und zu kuscheln. Ich durfte kommen und gehen, wann ich wollte. Dafür hatte sie an der Vorderseite des Hauses in der Eingangstür extra eine Katzenklappe anbringen lassen. Wenn ich nach hinten, zum Garten hinaus wollte, dann ging ich ins Bad, sprang auf die Toilette und von dort in das offene Klofenster. Draußen hatte sie mir einen kleinen Gartentisch unter das Fenster gestellt, damit ich besser rein und raus kam. Am Anfang ging ich selten raus, denn hier im Revier patrouillierten zwei Kater, mit denen man sich besser nicht anlegte. Alle Neuen wurden vorsorglich erst mal verprügelt.

Ständig lauerten mir die beiden auf, bis ich mich gar nicht mehr hinaustraute. Damit wollten die beiden sicherstellen, dass sie uneingeschränkt das Sagen im Revier hatten. Damals dachte ich mir ein paar Geschichten aus, die einzig und allein dem Zweck dienen sollten, mir diese unliebsamen Gesellen vom Hals zu halten. Geschickt streute ich die Detektivgeschichten unter das Katzenvolk. Von da an war ich die Detektivkatze, die jeden Fall spielend lösen konnte.

Doch im letzten Jahr holten mich die Lügenmärchen ein. Ein Katzenhasser trieb sein

Unwesen in unserem Revier. Da musste ich zum ersten Mal unter Beweis stellen, dass in meinem schwarzbunten Pelz eine echte Detektivkatze steckte. Aber das ist eine andere Geschichte.

Seither bin ich ein angesehenes Mitglied unserer Katzengemeinde und habe nie wieder Ärger mit diesen Blödmännern gehabt, die mir vorher jeden Freigang verhagelt hatten. Aber genug davon.

Sarina war ausgehfertig. So etwas hatte es noch nie gegeben.

Sie hatte tatsächlich ein Rendezvous. Ich glaube, ich war aufgeregter als sie. Und als sie Richtung Haustür ging, schlüpfte ich schon durch die Katzenklappe, noch bevor sie die Tür öffnen konnte. Einen Moment lang stand sie da, zupfte noch mal ihr Kleid zurecht und fuhr sich mit den Fingern durchs Haar. Ich spürte, wie nervös sie war. Da kam auch schon ein junger Mann angeradelt. Er stieg vom Fahrrad und lehnte es an unseren Gartenzaun. Als er Sarina erblickte, blieb ihm fast die Spucke weg. Sie schien seine Erwartungen bei Weitem zu übertreffen. Er sah aus, als könnte er sein Glück nicht fassen. Ich glaube, es war gut, dass sie sich über das Internet kennengelernt hatten. Auf der Straße oder im Café hätte er es wahrscheinlich nie gewagt, sie anzusprechen. Während ich mich zurückhielt, eilte Sarina ihm entgegen. Beide hauchten ein „Hallo" und sahen glücklich dabei aus. Neugierig betrachtete ich ihn. Er sah nett aus. Es war der Typ, den mir Sarina an dem Klappkasten gezeigt hatte, doch ich erkannte ihn kaum wieder. Er hatte sich mächtig herausgeputzt, um mit Sarina auszugehen. Mit seinem weißen Hemd, dem seltsamen breiten Band aus bunt gemusterter Seide, das er sich um den Hals geknotet hatte, und den Lackschuhen, die er trug, war er nicht zu übersehen. Und er hatte ihr Blumen mitgebracht, die er ihr lächelnd entgegenstreckte. Es war eine rührende Szene. Beide schüchtern und zurückhaltend und doch so aufgewühlt, dass ich schon glaubte, ihr Herzklopfen hören zu können.

„Wartest du kurz? Ich stelle nur schnell die Blumen in die Vase. Dann können wir los", zirpte Sarina.

„Natürlich. Mach nur. Ich laufe schon nicht weg." Er hatte eine ruhige, angenehme Stimme, die mir gefiel. Sarina sauste mit den Blumen ins Haus zurück und er nestelte nervös in seiner Jackentasche nach den Zigaretten, steckte die Packung dann aber doch wieder ein. Er trat von einem Fuß auf den anderen, als auch schon die Haustür aufging und Sarina wieder heraustrat. Sie ging auf ihn zu und lächelte ihn verlegen an. Behutsam nahm er ihre Hand und sie gingen die Straße entlang. Ich spurtete durch den Garten, sprang auf einen Zaunpfosten, der bereits zum Nachbargarten gehörte, und beobachtete sie, wie sie mir entgegenkamen.

„Das ist meine Katze. Sie heißt Cleo", sagte Sarina.

„Wunderschönes Tier. Ich mag Katzen", meinte ihr Begleiter und streckte die Hand aus, um mich zu streicheln. Ich ließ es zu. Ich glaube, ich könnte mich an ihn gewöhnen.

Wie aus dem Nichts tauchte plötzlich ein Mann auf. Er musste aus einem der Nachbarhäuser gekommen sein und schien es ziemlich eilig zu haben. Er rannte Sarina fast über den Haufen. Erst im letzten Moment wich er ihr aus. Sarina sah ihn kurz an, nahm aber nicht weiter Notiz von ihm. Der Fremde verschwand genauso schnell aus meinem Blickfeld, wie er aufgetaucht war. Ich schnupperte derweil am Finger von Sarinas Begleiter. Dann schlenderten sie weiter. Beruhigt sah ich den beiden nach, wie sie Hand in Hand die Straße entlangspazierten. Ich wünschte meiner Sarina von Herzen, dass er sich nicht an ihrem üblen Parfumgeruch stören würde. Aber sie hatte ganz gute Chancen, denn ihr Begleiter stand ihr in puncto „eindieseln" in nichts nach. Er roch genauso nach Parfum wie sie. Na ja, fast so wie sie. Ein klein wenig anders, männlicher, markanter, aber genauso schlimm. Bestimmt würden sie sich gut verstehen.

In der Ferne sah ich, wie die beiden die Kreuzung erreichten und um die Ecke bogen. Ich ging wieder ins Haus und inspizierte meinen Fressnapf. Er war leer! Sie hatte in der Aufregung glatt vergessen, mir Futter hinzustellen. Na, das fängt ja gut an.

Trotzdem ich jetzt Kohldampf schieben musste, war ich froh, dass Sarina endlich eine Verabredung hatte. Sie war schon viel zu lange allein. Und mal ehrlich, wie er mit den Blumen vor ihrer Tür stand — das war so romantisch, dass man neidisch werden könnte. Das musste ich unbedingt meiner besten Freundin Mia, der Streunerin, erzählen. Mia hatte mich schon des Öfteren in ihre neue Behausung eingeladen. Heute, da Sarina ein Rendezvous hatte, war die Gelegenheit günstig. Also machte ich mich auf den Weg.

Unser Viertel lag am östlichen Stadtrand. Viele kleine Einfamilienhäuschen umschlossen hier ein weitläufiges Gebiet mit unterschiedlich großen Gärten, Höfen und Terrassen. Und so verschieden die Langbeiner waren, die hier wohnten, so andersartig waren auch ihre Grundstücke und Gärten. Die meisten Gärten waren pingelig gepflegt, mit kurz geschorenem Rasen. Andere Gärten wirkten verwildert, aber urgemütlich, wie ich fand. Ich mag verwilderte

Grundstücke mit Wildblumenwiesen, Obstbäumen und Sträuchern. Viele Tiere finden dort Nahrung und Unterschlupf, und für uns Katzen gibt es dort jede Menge zu entdecken. Was hat dagegen ein langweiliger Rasen zu bieten, den nicht mal ein paar Gänseblümchen zieren? In manchen Gärten hatte man kleine alte Männer mit Zipfelmützen zwischen die Blumen gestellt. Sollten diese hässlichen Kerlchen etwa Schurken abschrecken, die Böses im Schilde führten? Keine Ahnung, was ich davon halten sollte. In anderen Gärten waren Spielgeräte für die Kinder aufgestellt worden, wobei wir Katzen die Sandkästen besonders mochten. Mias neues Heim lag ganz am Rande unseres Reviers, an der südlichen Seite vom Friedhof. Im letzten Jahr war ich mal in dieser Gegend unterwegs gewesen und fand es gruselig. Seither war ich nie wieder dort. Ich war gespannt, ob ich ihren Unterschlupf finden würde. Eine gute Gelegenheit, mal wieder die Nase zu benutzen.

*„Die blöde Kuh aus Nummer 5 hat mich gesehen. Hat mir direkt ins Gesicht gestiert, die dumme Schlampe. Kommt da anspaziert mit diesem Jüngelchen, der zum Glück das Katzenvieh streichelte und mich komplett ignorierte, als ich an dem trauten Pärchen vorbeikam. Aber die blöde Tussi musste mich natürlich mit großen grünen Augen anglotzen. Spätestens, wenn die Polizei hier auftaucht, könnte ihr ein Licht aufgehen, wen sie da gesehen hat. Dann könnte sie mich womöglich beschreiben. Tja, dumm gelaufen. Genieße den schönen Abend, Schlampe, es wird dein letzter Abend sein. Ich werde dich heute Nacht besuchen. Es wird zwar nicht besonders erregend werden, so ein flachbrüstiges Drahtgestell abzumurksen, aber was soll's. Ich kann ja nicht riskieren, dass sie irgendwem von mir erzählt. Außerdem ist es vielleicht sogar von Vorteil, mal eine zu massakrieren, die nicht geschieden ist, sondern frisch verliebt, wie es aussah; die keine braunen Mandelaugen hat, sondern grüne Katzenaugen; die kein rothaariger bodenständiger Rubenstyp ist, wie meine Ex, sondern eine langbeinige, grazile Blondine.*
*Eine, die nicht in mein Beuteschema passt, lockt vielleicht auch die Polizei auf eine falsche Fährte. Am Ende schulde ich der Schlampe fast noch einen Gefallen. Diese Katze, die auf dem Zaunpfosten saß, haben sie gestreichelt. Als ich*

*vorbeilief, hörte ich sie sagen, es sei ihre Katze. Mal sehen, ob ich das irgendwie verwenden kann. Das werde ich mir mal durch den Kopf gehen lassen. Und wie soll die Schlampe ihr Leben aushauchen? Nehme ich ein Messer? Oder soll ich sie erwürgen? Bis heute Nacht werde ich mir was Nettes einfallen lassen. Schließlich stirbt man ja nur einmal."*

## 7. Kapitel

Es war der schönste Abend seit Langem, fand Sarina — die erste Verabredung seit Langem. Und dieser Marco brachte sie total aus dem Konzept. Er war so aufmerksam und charmant; hatte ihr sogar Blumen mitgebracht. Und wie er sich in Schale geschmissen hatte, um mit ihr auszugehen! Seine wilde Mähne hatte er zurückgekämmt und gebändigt, indem er sie zu einem Zopf zusammengebunden hatte. Sogar eine Krawatte hatte er sich umgebunden, die überhaupt nicht zu seinem Typ passte … und dann diese Lackschuhe! Bei der Begrüßung hatte er ihr einen Kuss auf die Wange gehaucht und Sarina waren mindestens vier von ihren fünf Litern Blut ins Gesicht geschossen. Er hatte sie in ein gutes Restaurant geführt. Als sie sich gegenübersaßen und sie in seine schönen braunen Augen sah, war sie dahingeschmolzen wie Käse im Backofen. Als er dann endlich ihre kleine Hand in seine großen Pranken nahm, war es längst um sie geschehen.
Natürlich hatte er sie nach Hause begleitet. Nichts und niemand hätte ihn davon abhalten können. Außerdem stand sein Fahrrad noch

da. Als sie vor der Haustür standen, lud Sarina ihn ein, noch einen Kaffee bei ihr zu trinken. Doch er lehnte schüchtern ab. Er würde ja gern, aber er hätte heute Spätschicht im Computerladen. Der dort angeschlossene Computernotdienst laufe um diese Zeit auf Hochtouren. Die Leute machten abends, wenn sie zu Hause waren, mehr Computer kaputt als tagsüber. Am Wochenende würde er aber ganz bestimmt darauf zurückkommen. Er küsste sie zum Abschied. Erst zaghaft, mehr gehaucht als geküsst. Als er merkte, dass er nicht auf Gegenwehr stieß, nahm er sie in seine starken Arme und küsste sie, als gäbe es kein Morgen. Es dauerte eine ganze Weile, bis sie sich voneinander lösten. Aber es musste sein. Als er zu seinem Fahrrad ging, das am Gartenzaun lehnte, drehte er sich noch einmal zu ihr um. Ein gutes Zeichen.

Lächelnd ging Sarina ins Haus. Sie war so aufgewühlt, dass sie dachte, ihr Herz schlug elf Purzelbäume. Als sie die Tür hinter sich geschlossen hatte, tanzte und sprang sie vor Freude in der Wohnung herum. Ihr Herz platzte förmlich vor Glück. Als es klopfte, riss sie in freudiger Erwartung die Tür auf.

„Doch noch einen Kaffee?"

Aber es war nicht Marco, sondern ein Fremder, der sich sofort hineindrängte ... und der ein Cuttermesser in der Hand hielt, das in dieser Sekunde auf sie zuschoss. Entsetzt wich Sarina zurück und das Messer traf ihre Hand, die sie zur Abwehr erhoben hatte. Blitzschnell drehte sie sich um und rannte den Flur entlang, versuchte, das Bad zu erreichen. Da gab es einen Riegel an der Tür, den man nur von innen öffnen konnte. Doch ihr Verfolger war ihr auf den Fersen. Ihr Instinkt sagte ihr, dass er sie jeden Moment zu fassen kriegen würde. Ihr würde keine Zeit bleiben, die Badezimmertür zu verschließen. Der Messerblock fiel ihr ein. Wenn sie ihm schon nicht entkommen konnte, dann würde sie sich wenigstens wehren. Sie bog in die Küche ab. Doch sie erreichte den Messerblock nicht mehr. Dieses Monster hatte sie eingeholt. Von hinten packte er mit einer Hand ihre Haare, während er ihr mit der anderen die Kehle durchschnitt. Ein einziger tiefer Schnitt. Sarina war überrascht, es tat gar nicht weh. Ihr Körper war so voller Adrenalin, das sie den Schmerz nicht spürte. Tödlich verwundet, brach sie in der Küche zusammen und ihr Blick fiel auf die leeren Futterschüsseln ihrer Katze. „Cleo!", war ihr letzter Gedanke.

Meine wilde Freundin Mia, eine grau getigerte Streunerin, war hoch erfreut, mich zu sehen. Ich berichtete ihr freudestrahlend von dem Rendezvous, das meine Sarina heute hatte. Mias Begeisterung hielt sich jedoch in Grenzen. Das hätte ich eigentlich wissen müssen. Als Streunerin war sie den Umgang mit den Langbeinern nicht gewöhnt. Sie versuchte, jeden Kontakt mit ihnen zu vermeiden, und machte einen riesigen Bogen, wenn sie zufällig ihren Weg kreuzten. Dass ich mir Sorgen um Sarina machte und an ihrem Leben Anteil nahm, konnte wohl nur eine Katze verstehen, die selbst ein liebevolles Zuhause hatte. Bei Mia, der Streunerin, war ich da an der falschen Adresse. Doch sie war froh, dass ich da war, und präsentierte mir nun stolz ihre neue Behausung. Einen Kohlenkeller. Die Bewohner des kleinen Hauses hatten sicher vergessen, das Kellerfenster zu schließen. So war Mia, die Streunerin, bereits vor einigen Wochen hier eingezogen und schwärmte mir seither bei jeder Gelegenheit die Ohren voll. Ich fand es hier gar nicht so toll. Der Kohlenstaub überzog alles mit einem schwarzen Film und ließ den Keller wie ein finsteres Verlies wirken. Es roch modrig und die Feuchtigkeit troff von den Wänden. In einer Ecke war ein Bretterverschlag. Dort hatte vor Urzeiten jemand einen Berg Kartoffeln hingekippt und ihn dann vergessen. Die Kartoffeln waren ganz eingeschrumpelt, hatten merkwürdige Auswüchse bekommen und rochen faulig. Auf einer Holzkiste lagen ein paar zusammengelegte Kartoffelsäcke, die Mia als Schlafstatt dienten. Unmengen an Katzenhaaren, die sich in dem rauen Gewebe verfangen hatten, deuteten darauf hin. An der Wand gegenüber lehnte ein deckenhohes Holzregal. Einmachgläser mit zweifelhaftem Inhalt waren ganz eingestaubt und von Spinnweben überzogen. Es schien tatsächlich so, als hätte diesen Keller seit Jahren niemand mehr betreten. Mia hatte ihn ganz für sich allein, wenn man die Spinnen außer Acht ließ, die hier auch zu Hause waren, und die Kellerasseln, ein paar Mücken und wer weiß, was für Viehzeug sich hier sonst noch tummelte. Mein Pelz juckte schon, wenn ich nur daran dachte, was es hier noch für Tierchen geben könnte. Freudig hatte mir Mia auf den Kartoffelsäcken Platz gemacht. Nun kuschelte ich mich an meine beste Freundin und tat so, als würde ich schlafen. In Wirklichkeit lauschte ich die ganze Nacht auf die Geräusche des fremden Hauses: das Knarren der Dielen; das Trappeln von Füßen irgendwo über mir; die Klospülung; Wasser, das gurgelnd durch die alten Wasserrohre floss. Dann Stille. Und wieder ein Ächzen im Gebälk, als würde das alte Haus nach einem anstrengenden Tag tief durchatmen. Als ich fast eingeschlafen war, ließ mich ein leises Knispeln zusammenfahren, das aus der gegenüberliegenden Ecke zu kommen schien. Ich hoffte, dass es nur eine Maus war. Ich ignorierte sie und sah zum Kellerfenster hinauf. Die dunkle mondlose Nacht hatte sich in den nahen Wald zurückgezogen und das blasse Licht eines kalten Morgens ließ mich frösteln. Ich schmiegte mich noch enger an meine Freundin, legte den Schwanz um meine kalten Pfoten und wartete darauf, dass sich die Sonne über die Dächer der Nachbarhäuser erheben würde und ihre Strahlen den Weg in dieses Kellerfenster fänden. Mit diesen Gedanken musste ich dann wohl tatsächlich eingeschlafen sein, denn als ich meine Augen wieder öffnete, fielen gleißende Sonnenstrahlen durch das Kellerfenster, in denen winzige Staubflusen tanzten. Ich war froh, dass diese furchtbare Nacht endlich vorbei war. Noch nie war mir so deutlich bewusst, wie sehr ich mein Zuhause liebte. Ich verabschiedete mich von Mia, der stolzen Kellerbesitzerin, und beschloss, auf dem Heimweg einen Happen zu futtern. Jetzt im Herbst waren die Mäuse fett. Den ganzen Tag streifte ich durchs Revier, stromerte von einem Garten zum nächsten und verleibte mir eine Maus nach der anderen ein. Ich genoss die Mäusejagd an diesem wunderschönen Herbsttag. Mit zuckender Schwanzspitze schritt ich durchs Gras; unhörbar; alle Sinne geschärft. Ich kannte jedes Mauseloch im Revier. In einer gewissen Entfernung hielt ich inne, die letzten Meter schlich ich geduckt weiter, geschickt jede Deckung ausnutzend, bis ich mich direkt vor dem Loch befand. Dort angekommen, wusste ich bereits, ob es bewohnt war. Mein feines Gehör hatte es mir verraten und es würde mir auch offenbaren, wann sich die Bewohner dem Ausgang näherten. Sie machten es mir sehr leicht, denn die kleinen pelzigen Snacks waren dabei, sich Vorräte für den Winter zusammenzuhamstern. Dabei legten sie eine derartige Hektik an den Tag, als stünde uns der härteste Winter aller Zeiten bevor. Sie ließen alle Vorsicht beiseite und bekamen dafür prompt die Quittung. Es amüsierte mich, den verdutzten Ausdruck in ihren kleinen grauen Gesichtern zu sehen, wenn sie sich plötzlich im festen Griff meiner krallenbewehrten Pranken wiederfanden. Sie taten mir schon fast leid. Nichtsdestotrotz gaben sie eine leckere kleine Mahlzeit ab. Satt und zufrieden trat ich den Heimweg an. So viel Spaß hatte ich schon lange nicht mehr. Es war ein herrlicher Nachmittag. Obwohl es noch gar nicht so spät war, tauchte die Abendsonne das

Katzenrevier in ein warmgoldenes Licht. Die Stürme hatten das Laub schon etwas ausgedünnt. Trotzdem fiel mir zum ersten Mal in diesem Jahr auf, dass die Bäume und Sträucher bereits ihren Herbstschmuck angelegt hatten. Viele schimmerten golden, einige erstrahlten in prächtigem Rot. Ich blieb stehen, sah mich um und genoss diesen wunderbaren Anblick. Etliche Bäume und Sträucher trugen jetzt Beeren, die mit ihren leuchtenden Farben die Vögel einluden, sich die kleinen Bäuche vollzuschlagen. Viele futterten sich noch Reserven an, bevor die härteste Jahreszeit anbrach. Manche Amsel war schon so vollgefressen, dass sie kaum noch fliegen konnte. Bis auf das leise Rascheln des Windes, der mit den Blättern spielte und sie nach und nach von den Bäumen zupfte, war es friedlich und still.

Ich freute mich schon auf zu Hause und auf meine frisch verliebte Sarina. Wenn ich Glück hatte, gab es wieder Hühnerbrühe. Ich liebe Hühnerbrühe. Sarina hatte bereits vor ein paar Tagen die Heizung eingeschaltet. Die Nächte waren schon empfindlich kalt und ich freute mich auf mein warmes Plätzchen auf der Fensterbank.

Ich erreichte unseren Garten und wunderte mich, dass mein Klofenster nicht offen stand. Normalerweise öffnete Sarina das Fenster für mich, erst recht, wenn ich gerade draußen unterwegs war, da ich diesen Weg ins Haus meistens der Katzenklappe vorzog. Heute blieb mir nichts anderes übrig, als zur Straßenseite zu laufen und die Katzenklappe zu benutzen. Doch als ich unser Haus umrundet hatte, fand ich die Eingangstür angelehnt. Ich öffnete sie einen Spaltbreit mit der Pfote und schlüpfte hindurch. Als ich unseren Flur betrat, tapste ich in einen schmierig-klebrigen Fleck, der gestern Abend noch nicht da gewesen war. Ich schnupperte daran und wich erschrocken zurück. Vertrauter Blutgeruch, den ich von vielen erfolgreichen Jagden kannte, mischte sich mit einem anderen vertrauten Geruch: dem von Sarina! Von einer Sekunde zur anderen waren alle meine Sinne geschärft. Neben dem Blutgeruch nahm ich noch einen eigenartigen fremden Geruch wahr, einen ekelhaften Geruch, der nicht hierher gehörte. Ich reckte die Nase in die Luft, öffnete leicht das Maul und flehmte. Dieser eigentümliche Geruch, der in der Luft hing, war eine Mischung aus rauchiger Vanille, überreifen, fauligen Äpfeln, Schweiß und billigem Rasierwasser. Der neue Freund von Sarina hatte anders gerochen, nach Parfum. Woher stammte dieser merkwürdige Geruch und wie kam der Bluttropfen hierher? Irgendetwas stimmte hier nicht. Die Stille im Haus wirkte bedrohlich. Ich drückte mich an die Wand und schlich geduckt den Flur entlang. Die Wohnzimmertür stand sperrangelweit offen. Wenn Sarina ausging, ließ sie die Türen für mich angelehnt, damit ich von einem Raum zum anderen spazieren konnte, wenn mir danach war. Aber nie standen sie so weit auf, dass es kalt wurde im Zimmer. Das Nächste, was mich stutzig machte, war das Chaos, das hier herrschte. Ein kleiner Beistelltisch war umgeworfen worden. Die Blumenvase, die darauf gestanden hatte, lag zerbrochen auf dem Teppich, der das Blumenwasser bereits aufgesogen hatte. Die Blumen, die Sarina gestern von ihrem Verehrer bekommen hatte, lagen zerstreut am Boden und welkten vor sich hin. Daneben lag ein Bilderrahmen, der immer auf dem Tischchen gestanden hatte und dessen Glas jetzt zersprungen war. Ein Sessel war umgeworfen worden. Einige Schubladen der Schrankwand waren herausgezogen und es sah aus, als hätte jemand darin herumgewühlt. Von Sarina war nichts zu sehen. Vielleicht war sie bei ihrem neuen Freund. Aber was war mit dem Blut am Eingang? Als ich den Flur weiter in Richtung Küche entlanglief, hatte ich immer noch diesen eigentümlichen Geruch in der Nase, aber es fanden sich nur wenige, winzig kleine Bluttröpfchen. Bei jedem Einzelnen hielt ich inne und schnupperte daran.

Vorsichtig schlich ich weiter. Als ich in die Küche kam, machte ich eine grauenvolle Entdeckung. Sarina lag auf dem Fußboden. Ihr langes goldblondes Haar ergoss sich wellig über die Fliesen und klebte in einer riesigen Blutlache, die sich wie ein Teppich unter ihr ausgebreitet hatte: eine dunkelrote, klebrige Masse, die an einigen Stellen bereits schwarzbraun geronnen war. Eine Hand war in meine Richtung ausgestreckt, als flehte sie mich um Hilfe an. Ihre Augen waren geöffnet, also schlief sie nicht. Ich stupste meine Nase in ihr Gesicht. Doch Sarina rührte sich nicht, sie zuckte nicht mal mit der Wimper. Kalt und steif lag sie da. Alles verschwamm vor meinen Augen und mein Magen drehte sich um. Ich taumelte zurück; hatte das Gefühl, den Boden unter den Füßen zu verlieren. Ich rannte nach draußen und erbrach mich in unserem Vorgarten. Ich konnte nicht glauben, was ich da gesehen hatte. Das durfte nicht wahr sein. Zögernd ging ich wieder ins Haus. Wieder fiel mir dieser eigenartige fremde Geruch auf, dieser ekelhafte Geruch, der hier nicht her gehörte. Schlagartig wurde mir klar, dass dieser Geruch, den ich jetzt in der Nase hatte, vom Mörder stammen musste. Ich reckte meine Nase in die Luft und schnupperte erneut. Unbedingt musste ich mir diesen Geruch einprägen. Er konnte nur vom Mörder stammen, da war ich mir sicher. Ich flehmte und flehmte, bis ich das Gefühl hatte, alles weggeschnuppert zu haben. Oder hatte ich selbst schon diesen üblen Gestank angenommen? Hatte ich mich diesem Geruch zu lange ausgesetzt? Ich schlüpfte durch den Türspalt nach draußen, sog die frische Herbstluft ein, atmete ein paar Mal tief durch und ging wieder hinein. Da war er wieder, dieser Geruch! Ich hatte mich nicht getäuscht. Der Geruch war eindeutig da. Und ich würde ihn immer und überall wiedererkennen.

Vorsichtig schlich ich wieder in die Küche. Meine Sarina sah noch genauso aus wie gestern Abend, als ich ihr zugesehen hatte, wie sie glücklich die Straße entlangschlenderte. Noch immer hatte sie das hübsche schwarze Kleid an. Doch jetzt war es bis zu den Hüften hochgeschoben, sodass man ihren schwarzen Slip sehen konnte. Ein Schuh war von ihrem Fuß gerutscht. Und ihre schönen goldenen Haare — Moment mal — die hatte sie gestern an den Seiten hochgesteckt. Ich ging um sie herum, betrachtete ihr Haar, aber die kleinen silbernen Spangen, die sie gestern Abend getragen hatte, waren verschwunden.

Hilflos stand ich neben meinem Frauchen. Gab es denn nichts, dass ich noch für sie tun konnte? Liebevoll rieb ich meinen Kopf an ihr. Doch, etwas gab es! Ich musste jetzt dafür sorgen, dass man sie fand. Auf dem Weg nach draußen hinterließ ich blutige Tapsen auf den Fliesen. Draußen schlug ich Krach, schrie und mauzte und lief vor unserem Haus auf und ab, um die Langbeiner darauf aufmerksam zu machen, dass hier etwas nicht stimmte.

Irgendjemand wurde tatsächlich auf mich und die offenstehende Eingangstür aufmerksam. Ich kann mich nicht mehr genau daran erinnern. Alles, was dann kam, sah ich wie durch einen Nebel. Ich weiß nur, dass ich auf einmal wieder im Haus war. Ich saß zu Sarinas Füßen und bewegte mich keinen Zentimeter von der Stelle, bis die Polizei eintraf.

## 8. Kapitel

„Schon wieder die Parkstraße!", sagte einer der Streifenpolizisten. „Nun patrouillieren wir hier schon die ganze Zeit und trotzdem hat es der Mörder geschafft, wieder zuzuschlagen." Betretenes Schweigen erfüllte den Raum, als alle routiniert ihre Arbeit begannen.
Sie machten das Übliche. Sie fotografierten den Leichnam und den Tatort. Die Jungs von der Spurensicherung förderten jede Menge Fingerabdrücke zutage. Blutspuren wurden fotografiert und mittels Wattestäbchen gesichert. Sie klebten alles mit Klebefolien ab, um Faserspuren zu sichern. Ob diese Spuren hilfreich waren, würde sich erst später herausstellen, wenn sie etwas zum Vergleichen haben würden.

Man hatte mich von meinem Frauchen weggescheucht, als die Polizei eintraf. Nun saß ich apathisch in einer Ecke und registrierte kaum, welches hektische Treiben rings um mich herrschte. Ich sah nur Sarina, wie sie dort lag; wie ihr goldglänzendes Haar in der schwarz-braun geronnenen Blutlache klebte. Ihre grünen Augen, die denen einer Katze so ähnlich waren, blickten nun leblos und starr zu meinen Futternäpfen hinüber.

Mein Leben war von einem Moment zum anderen in sich zusammengefallen wie ein Kartenhaus. Sarina! Erst jetzt spürte ich, was sie mir bedeutete. Sie war nicht nur mein Dosenöffner. Sie war mein Leben, meine einzige wahre Liebe, mein Trost und meine Zuflucht. Ohne sie bestand das Haus aus leeren Räumen mit einer Ansammlung von Möbeln. Erst Sarina machte es zu meinem Zuhause. Sie war alles für mich.

Ich erhob mich und ging zu meiner Sarina, wollte noch einmal den Duft ihres Haares riechen, doch der Blutgeruch überdeckte alles und der penetrante Gestank des Mörders. Mein Fell sträubte sich. Ich legte meine Ohren an und begann, um sie herum zu laufen und stieß kehlige Laute aus. Der Kummer, der mein Herz zusammenkrampfte, presste sie förmlich aus meiner Brust. Ich rieb meinen Kopf an ihr, wollte mich grade neben ihr niederlassen, als große Hände nach mir griffen. Mir war es egal. Mit Sarinas Tod war auch mein Leben vorbei. Sollten sie doch mit mir tun, was sie wollten. Ich ließ mich in eine Transportbox sperren und nach draußen tragen. In unserem

Vorgarten stellte man mich ab. Der Mann mit den großen Händen sprach mit einem der Streifenpolizisten. Obwohl sie fast flüsterten, konnte ich das Wort „Tierheim" verstehen. Dann nahm der Streifenpolizist die Box, in der ich saß, und brachte sie zu einem Polizeiauto, von denen jetzt einige in unserer kleinen Straße parkten. Kaum dass ich auf einem der Rücksitze verstaut worden war, raste der Wagen auch schon davon. Ich schloss die Augen und hoffte, dass alles vorbei sein würde, wenn ich sie wieder öffnete. Ich ließ meine Augen geschlossen, weil ich Angst davor hatte, in diesem Albtraum gefangen zu sein. Der Wagen brauste dahin; es schaukelte sanft.

Kommissar Steiner hatte versprochen, seine alte Tante Frieda in der Hauptstadt zu besuchen. Sie feierte ihren achtzigsten Geburtstag. Aber wie es jetzt aussah, würde er sein Versprechen nicht halten können. Er wäre gern zu der Feier erschienen, ungeachtet der Tatsache, dass die alte Dame jedes Mal ein riesiges Brimborium veranstaltete, wenn er kam. Sie kaufte Unmengen an Essen, backte Kuchen, machte Salate, kochte und brutzelte, als würde ein Heuschreckenschwarm bei ihr einfallen. Und wenn es was zu feiern gab, dann legte sie sich ganz besonders ins Zeug. Steiner befürchtete, dass er noch nicht mal richtig absagen konnte, denn es war sinnlos, mit ihr zu telefonieren. Tante Frieda war furchtbar schwerhörig. Sie würde nur Bahnhof verstehen oder noch nicht mal das. Und weil sein Tantchen nichts verstand, würde sie sich am Ende Sorgen machen, dass vielleicht irgendwem irgendwas passiert sein könnte. Am besten wäre es, sie klärten den Fall bis dahin auf. Doch danach sah es im Moment überhaupt nicht aus. Sie hatten weder einen Verdächtigen, noch schien die Opfer irgendetwas zu verbinden. Er vermutete zwar, dass es sich um denselben Täter handelte, aber sicher konnte er da nicht sein. Zwei Opfern wurde die Kehle durchtrennt drei wurden erwürgt. An vier Tatorten hatte man zwar eine Tarotkarte gefunden, aber dieses Detail konnte auch ein Nachahmungstäter aus der Zeitung erfahren haben. Die braven Bäckersleute, die das dritte Opfer, Lisa Gessner, gefunden hatten, fielen sensationssüchtigen Reportern in die Hände. Und so waren Informationen an die Presse gelangt, die aus ermittlungstaktischen Gründen besser nicht herausgegeben worden wären.

Wenn sich herausstellen sollte, dass es sich doch um ein und denselben Täter handelte, dann hatten sie ein Problem, denn dies würde ihre bisherigen Überlegungen über den Haufen werfen.

Neunzig Prozent aller Morde sind Beziehungstaten. Da kann man mittels solider Polizeiarbeit früher oder später einen Täter präsentieren, wenn man nur lange genug im Umfeld der Opfer herumstochert. Bei Serienmorden ist das anders, da die Opfer oft zufällig ins Visier des Täters geraten. Es ist schwierig, ein Täterprofil zu erstellen, und fast unmöglich, die Motivation dieser Täter zu verstehen. Dazu kommt, dass Serientäter in der Vergangenheit von Bekannten und Nachbarn zumeist als unauffällig beschrieben wurden; als nett und zuvorkommend. Keiner hätte ihnen ihre Taten zugetraut. Und nicht selten war es nur Kommissar Zufall zu verdanken, dass solche Morde aufgeklärt werden konnten. Die einzige Chance war, irgendetwas zu finden, dass die Opfer miteinander verband, irgendeinen gemeinsamen Nenner.

Kommissar Steiner hoffte, dass Zeisig, der alte Pathologe, ihm neue Hinweise geben könnte. Vor einer halben Stunde hatte sein Telefon geklingelt. Zeisig wollte ihm zeigen, was er entdeckt hatte. Steiner hatte sich sofort auf den Weg gemacht und hetzte nun die breiten Steintreppen des gerichtsmedizinischen Instituts nach oben. Als er den Flur entlangeilte, quietschten seine Schuhe auf dem Linoleum. Vor einer Stahltür blieb er stehen. Neben der Tür stand ein Schrank mit offenen Regalen. Darin lagen die Sachen bereit, die man zum Betreten des Sektionssaales überziehen musste. Steiner griff sich einen OP-Kittel, den er überstreifte und nahm er ein paar Gummihandschuhe aus einem Karton. Er atmete noch mal durch, um gegen das flaue Gefühl im Magen anzukämpfen, das ihn jedes Mal befiel, wenn er vor dieser Tür stand. Ohne zu klopfen, trat er ein. Der Sektionssaal war lang gezogen und lichtdurchflutet. Die weiß gefliesten Wände schienen das Licht zu reflektieren. Trotz der Helligkeit, die durch die großen Fenster von draußen hereinflutete, war die Deckenbeleuchtung eingeschaltet und kaltes Neonlicht verstärkte die unangenehme Atmosphäre. Das Licht war so grell, dass man meinen könnte, man wäre auf der Sonne gelandet. Um so stärker hob sich die schwarze Gestalt ab, die im hinteren Teil des Raumes an einem Sideboard lehnte. Sie stach einem förmlich ins Auge. Seine Kollegin Paula Rösner, in ihrem gewöhnungsbedürftigen Gruftilook, wirkte in diesem weiß strahlenden Raum völlig deplatziert. Er ging auf sie zu. Fünf Sektionstische standen in einigem Abstand voneinander aufgereiht. Am anderen Ende des Raumes befand sich die Tür zur Kühlkammer.

Sie war verschlossen. Neben der Tür parkte eine Rollbahre. Eine zweite Tür stand offen. Dort befand sich Zeisigs Büro, ein fensterloser Raum, der von seiner Größe her einer Besenkammer Konkurrenz machen könnte. Steiner hörte das leise Plätschern von Wasser. Der alte Pathologe benutzte wohl grade das kleine Waschbecken, das sich gleich hinter der Tür befand. Steiner wusste, dass es in dem Zimmer noch einen Aktenschrank gab und einen Schreibtisch, die beide so alt waren, dass er sich immer wieder fragte, wer wohl älter war: Doktor Zeisig oder seine Büromöbel?
Vier Sektionstische waren leer. Auf dem fünften, dem hintersten, lag eine Leiche. Das Opfer, das tags zuvor entdeckt worden war, lag nun nackt auf dem kalten Stahltisch. Die OP-Scheinwerfer waren eingeschaltet und beleuchteten gnadenlos jedes Detail. Steiner ging an den leeren Tischen vorbei und versuchte, seinen Blick nicht hinüber zum Opfer schweifen zu lassen. Das war seine Art, den Toten Respekt zu zollen. Schlimm genug, dass sie hier gelandet waren, wo man sie auseinandernahm und buchstäblich das Innerste nach außen kehrte. Da musste er sie nicht auch noch angaffen, wenn es sich irgendwie vermeiden ließ. Abgesehen davon, war es auch meist kein schöner Anblick. Er heftete seine Augen auf seine Kollegin, die

ungewohnt verschüchtert wirkte und der der Anblick der Leiche offensichtlich zu schaffen machte. Das Wasserrauschen verebbte. Als Steiner den Raum durchquert hatte, kam der rundliche Pathologe aus seinem Kabüffchen gestapft und steuerte auf die beiden Kriminalbeamten zu.

„Schön, dass ihr schon da seid. Ich bin grade fertig geworden mit der jungen Dame hier." Er deutete auf die Tote. Alle Frauen, die auf seinem Tisch landeten, bezeichnete er als „junge Damen", auch wenn sie weit über neunzig waren. Er meinte, im Leben hätte es sie gefreut, wenn man sie so ansprach, wieso sollte er das den Toten gegenüber ändern.

„Und was kannst du zur Todesursache sagen?", fragte Steiner.

„Wie vermutet, war der Schnitt durch die Halsvorderseite todesursächlich. Der Schnitt wurde mit einer scharfen Waffe ausgeführt, die eine sehr flache Klinge besaß. Ich würde fast auf ein Skalpell tippen, doch die Klinge eines Skalpells wäre zu kurz, ein Stilett wiederum wäre zu schmal. Ich glaube, es handelte sich um ein sehr scharfes Cuttermesser, bei dem die Klinge ganz herausgefahren war. Schätzungsweise zehn oder elf Zentimeter. Der Schnitt wurde mit solcher Kraft geführt, dass der Hals bis zur Halswirbelsäule durchtrennt wurde. An einem der

Halswirbel ist eine Einkerbung zu erkennen, die vom Messer stammt. Der Kehlkopf wurde freigelegt, Blutgefäße sowie Luft- und Speiseröhre wurden durchtrennt."

Er deutete auf den Hals. Steiner, der nun doch einen Blick auf das Opfer werfen musste, konzentrierte sich ganz auf dieses Detail. Die Wunde war gereinigt worden. Ein rosafarbener Schnitt zeichnete sich deutlich von der blassgrauen Haut der Leiche ab. Er sah die durchtrennten Gefäße und kämpfte mit der aufsteigenden Übelkeit. Als er aufsah, bemerkte er, dass sich seine Kollegin abgewandt hatte und sich am Sideboard festhielt.

„Glaubst du, es könnte sich um denselben Täter handeln, der auch Lisa Gessner die Kehle durchtrennt hat?" Steiner trat von einem Fuß auf den anderen.

„Ich denke schon. Wie es scheint, wurde dieselbe Waffe verwendet. Auch die Schnittführung ist ähnlich. Da Sarina Siebert größer war als Lisa Gessner, gibt es zwar minimale Abweichungen, aber man kann daraus schließen, dass der Täter in beiden Fällen gleich groß war. Schätzungsweise um die eins achtzig. Und er war Rechtshänder. Ich weiß, das wird nicht unbedingt weiterhelfen, fünfundachtzig bis neunzig Prozent der Bevölkerung sind Rechtshänder. Aber falls ihr einen Linkshänder in Verdacht haben solltet, könnt ihr den getrost ausschließen." Doktor Zeisig öffnete eine Tür des Sideboards, nahm ein weißes Tuch heraus und bedeckte damit die Tote.

„Sie können wieder hinsehen, meine Liebe", sagte der Pathologe an Kommissarin Rösner gewandt. Vorsichtig drehte sich die junge Frau um. Als sie auf das Tuch blickte, atmete sie hörbar auf. Sie war noch ganz grün im Gesicht und sah aus, als hätte sie die ganze Zeit gegen die Übelkeit ankämpfen müssen.

„Hast du Abwehrverletzungen gefunden?", fragte Steiner den alten Arzt.

„Nur die Schnittwunde an der Hand. Ansonsten nicht ein einziges winziges Hämatom, das auf einen Kampf schließen ließe. Die Schnittwunden, die er den anderen Opfern post mortem zugefügt hatte, fehlen hier gänzlich. Sie hat den Täter hereingelassen, hat ihm die Tür geöffnet, obwohl sie einen Spion in der Tür hatte und auch eine Kette angebracht war. Sie kannte ihren nächtlichen Besucher also", schlussfolgerte Zeisig und fuhr fort: „Er muss sie dann gleich im Flur angegriffen haben. Diesen Angriff hat sie abgewehrt und wurde dabei an der Hand verletzt. Die Blutspur im Flur führte direkt in die Küche. Sie muss dorthin geflüchtet sein. Er hat sie eingeholt. Noch als er sich hinter ihr befand, muss er mit der linken Hand ihre

Haare gepackt haben — wir fanden etliche Haare, die mit der Wurzel herausgerissen wurden — und durchtrennte ihr mit der rechten Hand mit einem einzigen kräftigen Schnitt die Kehle", schloss der Pathologe.

„Vielleicht hat sie auch jemand anderen erwartet und hat vor lauter Ungeduld die Tür geöffnet. Junge Menschen sind oft ungeduldig", gab Steiner zu bedenken. „Aber danke, Zeisig, du hast uns sehr geholfen." Der Kommissar wandte sich zum Ausgang, doch der alte Pathologe hielt ihn am Ärmel fest.

„Nicht so eilig. Das Beste kommt ja noch." Überrascht sah Steiner den Pathologen grinsen.

„Ich kann mit Bestimmtheit sagen, dass es sich um denselben Täter handelt. Schaut mal, was ich entdeckt habe." Er zauberte ein Beweismitteltütchen hervor, das er den Kommissaren triumphierend unter die Nase hielt. Zuerst sah Steiner nur den großen Aufkleber, mit dem diese Tüten normalerweise beschriftet sind. Dieser war auch beschriftet, aber die Handschrift des alten Arztes hatte er noch nie entziffern können. Dazu hätte man schon Ägyptologe sein müssen. Beim zweiten Hinsehen bemerkte er, dass hinter dem Etikett noch etwas anderes hervorlugte. Er nahm Zeisig die Tüte aus der Hand, wobei er sie am oberen Rand festhielt und das, was darin war, durch sanftes Schütteln der Tüte nach unten rutschen ließ. Eine etwas mitgenommen aussehende Tarotkarte kam zum Vorschein. Steiner und Rösner fielen fast die Augen raus.

„Wo hast du die denn gefunden?", fragte Steiner verblüfft.

„Der Täter hatte die Karte zusammengerollt und sie ihr in die Vagina geschoben. Post mortem. Keinerlei Abwehrverletzungen."

„Deshalb war wohl auch ihr Kleid bis zu den Hüften hochgeschoben, als wir sie fanden." Nachdenklich betrachtete Steiner die Karte.

„Die Königin", sagte er leise.

„Die Königin der Stäbe", ergänzte seine junge Kollegin vielsagend. Was hatte das nur alles zu bedeuten? Als sie am Tatort keine Tarotkarte fanden, war er sich sicher gewesen, dass dieses letzte Opfer nicht dem Serientäter zugerechnet werden konnte. An den anderen Tatorten war zudem nichts durchwühlt oder in Unordnung gebracht worden. Doch beim letzten Opfer hätte man annehmen können, dass ein Kampf stattgefunden und dass der Täter etwas gesucht hatte. Ob tatsächlich etwas fehlte, konnten sie nicht sagen. Aber es stand fest, dass es keinen Kampf gegeben hatte. Die Spurenlage war da eindeutig. Der Täter wollte, dass es so aussah, als ob. Aber wieso? Außerdem hatte Sarina Siebert keinerlei Ähnlichkeit mit den anderen Opfern. Bis dahin schien der Täter einen bestimmten Typ zu bevorzugen: bodenständige, emanzipierte Frauen zwischen vierzig und sechzig, geschieden oder getrennt lebend, rötlich-braune, lockige Haare und von auffallend rundlicher Gestalt. Doch diese Sarina war jung, grade mal Ende zwanzig, rank und schlank und mit ihrem goldblonden langen Haar sehr hübsch. Nein, mehr noch, sie war bildschön. Vielleicht hatte er deshalb die Karte der Königin ausgewählt? Die Königin der Stäbe. Eine zusammengerollte Tarotkarte, die wie ein Stab in ihr steckte. Das war eindeutig ein sexueller Bezug. Hatte das etwas mit dem Lebenswandel des Opfers zu tun? Gab es wechselnde Sexualpartner? Das mussten sie unbedingt überprüfen. Oder wollte der Täter sie in die Irre führen? Auch der sexuelle Aspekt unterschied das letzte Opfer von den vorherigen. Steiner betrachtete die Tarotkarte: In goldenem Gewand mit einer Krone auf dem Haupt thronte die Königin in der Mitte des Bildes. In einer Hand hielt sie einen Stab, in der anderen eine Blume. Sie hatten weder einen Stab noch eine Blume am Tatort gefunden. Eine umgestürzte Blumenvase lag im Wohnzimmer. Es wäre ein Leichtes für den Täter gewesen, eine Blume in der Hand des Opfers zu platzieren. Ist er vielleicht gestört worden? Plötzlich fiel Steiner etwas auf, das ihm den Atem stocken ließ. Wieso hatte er dieses Detail nicht gleich bemerkt? Es war so offensichtlich. Ungläubig starrte er die Karte in der Beweismitteltüte an. Das konnte kein Zufall sein. Zu Füßen der Königin saß ... eine Katze!

## 9. Kapitel

Nebelschwaden hingen über der Wiese und in den Bäumen. Eine blasse Novembersonne blinzelte kraftlos durch die kahlen Äste und durch den Maschendraht, der die Außengehege des Katzenhauses von der Welt draußen trennte. Es war nasskalt und es sah nicht danach aus, als ob sich das in den nächsten Tagen ändern würde. Es war mir egal. Das Wetter passte zu meiner Gemütslage. Mir war zum Heulen. Ob ich wach war oder schlief, der Anblick von Sarina, wie sie da in ihrem Blut in der Küche gelegen hatte, ging mir nicht aus dem Sinn.

In Gedanken versunken, beobachtete ich das Hundehaus gegenüber, dessen Außengehege zum Hauptweg hin ausgerichtet waren, damit vorbeigehende Besucher die Insassen begutachten konnten. Seit einiger Zeit war da ein Neuer, ein ziemlich nerviger kleiner Terriermischling. Auch jetzt verhielt er sich nicht anders als schon die Tage zuvor.

„Sie holt mich. Sie lässt mich nicht hier. Sie kommt und holt mich." Rastlos lief der Kleine am Gitter auf und ab. Immer dieselbe Strecke — seit Tagen. Von Zeit zu Zeit blieb er stehen und spähte zum Tor. Es war um diese Zeit längst verschlossen und die Pfleger, die sich tagsüber um uns kümmerten, waren zu Hause bei ihren Familien und ihren eigenen Tieren. Bis morgen früh würde niemand mehr durch dieses Tor kommen.

Das musste der Kleine wohl in diesem Moment begriffen haben, denn nun jaulte er eine andere Melodie: „Morgen kommt sie. Ganz bestimmt holt sie mich morgen hier raus. Sie lässt mich nicht hier." Noch einmal sah er winselnd zum Tor.

„Halt endlich die Klappe!" Ein großer altdeutscher Schäferhund lag in der Ecke seiner Box und sah gelangweilt zu seinem Zellennachbarn hinüber. Er war schon grau um die Schnauze und es schien ihm schwerzufallen, sich zu erheben.

„Find dich damit ab, dass sie nicht kommt. Sie hat dich längst vergessen, so wie wir alle hier von unseren Leuten vergessen worden sind; abgestellt wie ein alter Regenschirm. Und manch einer ist da sogar ganz froh darüber. Frag mal Balko da drüben, den Setter. Der war ein Häufchen Elend, als er hier gelandet ist. Er wurde misshandelt und dann wie Müll weggeworfen. Hier wurde er aufgepäppelt und hat zum ersten Mal erfahren, wie nett die Langbeiner sein können. Ich glaube, er hat sich in den Gassi-geh-Typen verliebt, der ihn immer abholt. Du solltest aufhören, deinem Frauchen hinterherzutrauern. Die Zeit bei ihr ist vorbei, nur noch eine Erinnerung. Aber das Leben geht weiter, also versuche, das Beste daraus zu machen. Kannst gleich am Sonntag damit anfangen, eine gute Figur zu machen, wenn die vielen Besucher kommen. Vielleicht nimmt dich von denen einer mit. Du bist klein und noch nicht so alt, du könntest Glück haben."

„Glück? Ich will aber nicht zu irgendwelchen fremden Leuten. Ich will, dass *mein Frauchen* mich holt. Sie kommt bestimmt. Du wirst schon sehen." Beleidigt verkrümelte sich der kleine Terriermischling in seine Hütte, drehte sich ein paarmal um die eigene Achse, bevor er sich niederließ und so tat, als würde er schlafen.

Obwohl er einer von diesen blöden Kläffern war, tat er mir leid. Er trauerte seinem Frauchen hinterher. Das konnte ich nachfühlen. Doch er hatte noch die Hoffnung, an die er sich verzweifelt klammerte. Er war zwar todtraurig, doch ich wusste, es würde noch schlimmer werden. An dem Tag, an dem er begriff, dass sie nicht kommen würde, um ihn abzuholen; an dem Tag, an dem seine Hoffnung sterben würde. Die harte Realität würde ihn dann wie ein Schlag treffen. Aber es würde ihm helfen, sein Frauchen so zu sehen, wie sie war. Sie konnte ihn nicht geliebt haben, denn sie hatte ihn einfach entsorgt, weil er nicht mehr in ihr Leben passte. Sicher verschwendete sie keinen Gedanken mehr an ihn. Der Tag der Erkenntnis würde kommen — schon bald. Ob er stark genug war, es zu ertragen, wusste ich nicht und es war mir auch egal. Alles war mir egal. Meine Hoffnung war in dem Augenblick gestorben, als ich Sarina fand. Ich fühlte mich, als hätte man mir mein Herz herausgerissen. Ich wollte nicht mehr leben. Seit jenem furchtbaren Tag, der nun fast eine Woche zurücklag, hatte ich nichts mehr gefressen. Was sollte ich noch auf dieser Welt? Ich hatte mein Frauchen verloren. Für immer. Ich hatte kein Zuhause mehr. Und obendrein fühlte ich mich schuldig. Ich hatte gewusst, dass ein Mörder umging, und hatte sie allein gelassen. Hätte ich es verhindern können, wenn ich zu Hause gewesen wäre? Vielleicht. Auf jeden Fall hätte ich mit dem Mörder gekämpft, selbst wenn es mich das Leben gekostet hätte. Aber ausgerechnet in dieser Nacht musste ich auf diese abstruse Idee verfallen, Mia zu besuchen und mir dieses Drecksloch von Keller anzuschauen. Klar, keiner konnte ahnen, was geschehen würde. Und doch fühlte ich mich schuldig. Ich gab mich meinem Selbstmitleid hin. Ich würde meine Sarina niemals wiedersehen; niemals mehr mit ihr auf der Couch liegen oder mich auf ihrem Kopfkissen breitmachen. Nie wieder würde sie mich streicheln oder unter dem Kinn kraulen. Sie kannte genau die Stellen, an denen ich es liebte, gestreichelt und liebkost zu werden... Ich legte den Kopf auf meine Vorderpfoten und ein tiefer Seufzer machte meiner gequälten Seele Luft.

Ich hatte nicht bemerkt, dass sich der alte Tierheimkater, den alle „Sir Henry" nannten, neben mich gesetzt hatte. Die anderen Tierheimkatzen hatten ihm diesen Namen verpasst, weil er so vornehm tat, als würde er einer seltenen Rasse angehören, deren Stammbaum bis zu den Pharaonen zurückreichte. Dabei war er nur ein ganz gewöhnlicher Hauskater. Vielleicht empfanden sie ihn aber auch nur als hochnäsig, weil er öfters mal seine Zunge herausstreckte. Das war keine Absicht, so weit ich das beurteilen konnte. Er war nur manchmal ganz weit weg mit seinen Gedanken. So schien es zumindest. Und er konnte es auf den Tod nicht ausstehen, wenn andere Katzen an ihm vorbeihuschten. Da konnte er schon mal grob werden.

„Du bist doch Cleo, die Detektivkatze", sagte er, während er sich auf seine vornehme Art ein Stäubchen von seiner linken Vorderpfote leckte.

Er wartete meine Antwort nicht ab und fuhr

fort: „Habe gehört, was mit deinem Frauchen passiert ist. Schlimme Sache. Mein Kumpel Rufus machte grade ein Nickerchen im Büro des Tierheimleiters, als der Anruf kam."
„Welcher Anruf?"
„Na, dass gleich jemand eine Katze bringt. In der Parkstraße sei ein Mord passiert und am Tatort liefe eine Katze rum, die wohl der Ermordeten gehört hat."
„Da bist du ja bestens informiert." Ich drehte ihm genervt den Rücken zu, aber das ignorierte er und fuhr fort: „Du hast jetzt genau zwei Möglichkeiten. Man hat übrigens immer zwei Möglichkeiten."
„Ach ja? Und was soll das sein?", fragte ich und überlegte, wie ich diesem komischen Sir aus dem Weg gehen könnte.
„Erstens hast du die Möglichkeit, hier weiter in Selbstmitleid zu zerfließen, aber davon wird dein Frauchen auch nicht mehr lebendig. Du wirst dein Leben lang in diesem Bau hocken und das Leben draußen durch den Maschendraht beobachten, bis du irgendwann deinen letzten Seufzer tust. Kein sehr erstrebenswertes Ziel, wenn du mich fragst. Und damit komme ich auch schon zu zweitens. Dieses Zweitens wird dein Frauchen auch nicht mehr lebendig machen, aber immerhin kannst du noch eine letzte Sache für sie tun. Aber natürlich nur, wenn sie dir etwas bedeutet

hat." Er sah mich geheimnisvoll an. Seine graublauen Augen waren unergründlich.

„Natürlich hat sie mir etwas bedeutet. Aber sie ist tot. Was sollte ich noch für sie tun können?"

„Du könntest ihren Mörder finden. Oder zumindest dafür sorgen, dass die Polizei nicht der falschen Fährte hinterherjagt. Ihr Mörder soll seine gerechte Strafe bekommen. Dafür musst du sorgen. Wenn du das schaffst, dann wird sich auch der Rest finden. Glaub mir." Mit diesen Worten erhob er sich und verschwand genauso lautlos, wie er gekommen war.

Ich sah ihm lange nach.

In der darauf folgenden Nacht hatte ich den gleichen Albtraum, der mich schon seit Tagen quälte: Sarina liegt in der Küche, in dieser riesigen Blutlache. Ich gehe um sie herum und ihre Augen folgen mir; sind ganz fest auf mich gerichtet und sehen mich flehend an. Doch in dieser Nacht verstand ich ihr Flehen. Ich würde ihren Mörder finden und meine Sarina rächen. Ich würde dafür sorgen, dass dieses Monster aus dem Verkehr gezogen wird. Kein weiteres Frauchen sollte durch diesen Dreckskerl das Leben verlieren. Das versprach ich Sarina … und sie lächelte. Als ich erwachte, hatte ich diesen eigentümlichen Geruch wieder in der Nase. Der Mörder! Schlagartig war ich hellwach. Ich reckte meine Nase und schnupperte … nichts! Ich flehmte … nichts!

Ich musste wohl noch geträumt haben. Es war nur eine Erinnerung, aber sie war so greifbar! Sie machte mir bewusst, dass ich den Täter finden konnte. Ich kannte seinen Geruch. Jetzt musste ich nur noch hier raus.

Noch vor dem Frühstück kam Sir Henry herangeschlendert, ließ sich neben mir nieder und sah mich neugierig an. Er strich sich mit der Pfote über seinen grauen Bart, eine Geste, die die Erhabenheit seiner Erscheinung noch unterstrich.

„Du wirkst heute nicht so resigniert wie gestern. Hast du es dir überlegt?", fragte er in einem Tonfall, als kenne er die Antwort.

„Ja, aber es gibt da noch so eine kleine Nebensächlichkeit", sagte ich.

„Ach ja? Welche denn?"

„Schau dich doch mal um. Wir sind eingeknastet. Zumindest kann ich mich nicht so dünn machen, dass ich durch die Maschen dieses Drahtgeflechts schlüpfen könnte", gab ich mürrisch zurück.

„Musst du auch nicht. Wenn du hier raus willst, dann geh einfach durch die Tür. Du musst natürlich genau wissen, wann. Wir helfen dir. Glaub nicht, dass du die Erste bist, die hier die Biege macht." Sir Henry grinste.

„Du willst mir helfen?", fragte ich.

„Mal in meinen Kalender schauen ... ja, du hast Glück. Ich hab heute noch nichts anderes vor.

Mein Kumpel Rufus, der Dackel vom Tierheimleiter, ist übrigens auch schon eingeweiht. Er wartet nur auf mein Zeichen."

„Du wusstest, dass ich abhauen will?" Ich war völlig überrascht. Immerhin war ich selbst eben erst auf diesen Gedanken gekommen.

„Na klar, immerhin bist du doch die Detektivkatze. Hab dich an deinem roten Hinterbein erkannt. Und so, wie du hier Trübsal bläst, hast du dein Frauchen wirklich geliebt. Also ist es doch nur logisch, dass du ihren Mörder finden willst. Und dazu musst du natürlich erst mal hier raus. Also was ist jetzt?"

„Von mir aus kann's losgehen", sagte ich.

„Okay, dann hör genau zu ..."

Wie jeden Morgen, so kam auch am Sonntag die nette junge Frau, die uns unser Futter brachte und bei uns sauber machte. Als sie uns in den Vorraum gelassen hatte, um die Zimmer des Katzenhauses zu wischen, hockte ich mich, wie mir geraten wurde, direkt neben die Eingangstür. Meine Augen zu Schlitzen verengt, tat ich so, als würde ich dösen. Doch ich war hellwach. Sir Henry stolzierte auf seine vornehme Art in Richtung des Maschendrahtzauns unseres Außengeheges und ließ einen ausgedehnten Maunzer hören. Daraufhin ging draußen ein Gejaule und Gebelle los, dass man dachte, ein ganzes Rudel Hunde wäre sich in die Haare geraten. Die junge Pflegerin eilte zur Tür, öffnete sie, spähte hinaus und suchte das Gelände nach der Ursache des Krawalls ab. Unbemerkt schlüpfte ich durch den Türspalt und versteckte mich hinter einer großen Blumenstaude im angrenzenden Beet. Die Pflegerin sah nur Rufus, den Tierheimdackel, der sich wie ein Wilder aufführte. Als er sah, wie ich hinter den Blumen verschwand, setzte er sich hin und sah freudestrahlend die Pflegerin an. Er wedelte mit dem Schwanz, als wollte er abheben.

„Was hat dich denn gebissen? Was machst du hier für einen Aufstand? Na, komm mal her."

Rufus wackelte schwanzwedelnd zu ihr hinüber und nahm vorsichtig das Leckerchen aus ihrer Hand, das sie für ihn aus ihrer Hosentasche hervorgezaubert hatte. Dann schloss sie die Tür wieder und putzte drinnen anscheinend weiter. Dass einer der Insassen fehlte, hatte sie nicht bemerkt.

Als die Luft rein war, kam Rufus zu den Blumen, hinter denen ich mich verbarg ... und hob sein Bein. Igitt! Wie eklig! Er pieselte doch tatsächlich den Blumenbusch an, hinter dem ich hockte.

„Los, komm mir nach", knurrte er leise und rannte los. Ich überlegte nicht lange und trabte brav hinter dem Dackel her. Auf verschlungenen Pfaden führte er mich ans andere Ende des Tierheims, zu einer Stelle, an der sich der Maschendraht, der den ganzen Komplex umschloss, von einem der Pfosten gelöst hatte. Die schadhafte Stelle im Zaun war von Unkraut umwuchert, so war sie den Tierheimmitarbeitern bisher verborgen geblieben. Ich bedankte mich bei Rufus für seine Hilfe und schlüpfte durch die Lücke nach draußen. Das war ja einfach.

## 10. Kapitel

Als Steiner die Tür zum Besprechungsraum öffnete, wehte ihm Kaffeeduft um die Nase. Der Konferenztisch bot zwölf Personen Platz und war bereits von einigen Kollegen umringt, die ihn erwartungsvoll ansahen. Zum Ermittlungsteam gehörten Kommissar Gunnar Brandt und dessen Partner Ingo Berger, der Kriminaltechniker Steffen Rensch und die gute Seele des Reviers Helene Hanke, auch Lenchen genannt.
Paula hatte der versammelten Mannschaft den Rücken zugekehrt und war damit beschäftigt, Fotos der Opfer, Vergrößerungen der Tarotkarten und einen Stadtplan an eine Korkwand zu pinnen, die sich über die gesamte Breite der Wand erstreckte.
Paula hatte Steiners Eintreten nicht bemerkt. Sie war mal wieder auf Krawall gebürstet und wie immer, wenn sie wütend war, hatte ihre Stimme einen militärischen Klang. Er hörte sie sagen: „Wenn Sie nicht so viel Zeit auf Ihr Styling verwenden würden, Kollege Brandt, dann könnten Sie vielleicht auch mal etwas Sinnvolles beitragen. Aber anscheinend haben Sie Ihren Kopf tatsächlich nur zum Haare-

schneiden."

Noch bevor Brandt etwas erwidern konnte, fuhr Kommissar Steiner dazwischen: „Wozu Herr Brandt in seiner Freizeit seinem Kopf benutzt, geht uns nichts an. Er hat ihn heute dabei und ich bin sicher, dass er auch seinen Verstand eingeschaltet hat. Und jetzt sollten wir uns dem Fall widmen. Bitte nehmen Sie Platz."

Demonstrativ umrundete Paula den Tisch, die Hände tief in den Taschen vergraben. Sie nahm auf dem Stuhl Platz, der am weitesten von Gunnar Brandt entfernt war.

Kommissar Steiner verteilte Kopien des zusammengefassten Materials an seine Kollegen und setzte sich dann auf einen der freien Plätze. Er blätterte in der Akte, die er mitgebracht hatte, dann stand er wieder auf und begann seinen Vortrag.

„Wir sind heute zusammengekommen, um die bisherigen Ergebnisse zusammenzufassen. Ich möchte euch auf den gleichen Ermittlungsstand bringen, bevor wir das weitere Vorgehen besprechen."

Alle sahen ihn erwartungsvoll an.

„Keiner der Fingerabdrücke, die an den Tatorten gesichert worden sind, war in einer Verbrecherdatei verzeichnet. Die Faserspuren bringen uns erst weiter, wenn wir sie mit der Kleidung eines Verdächtigen vergleichen

können."
Missmutig blätterte Paula Rösner in der Akte, die vor ihr auf dem Tisch lag. Das erste Opfer, Rita Burkhardt, war zweiundfünfzig Jahre alt gewesen. Gleich auf der ersten Seite fand sie eine Fotografie. Braune, lachende Augen dominierten das runde Gesicht, das von rotbraunem, mittellangem Haar umrahmt wurde. Eine kleine, mollige Frau mit einem einnehmenden Lächeln stand barfuß und in kurzen Hosen an einem Sandstrand, den die untergehende Sonne in ein goldenes Licht tauchte. Um den Hals trug sie eine Kette mit einem großen Swarovski-Kristall, der wohl eine Katze darstellen sollte. Sie hielt ihre Sandalen in der Hand und der Wind spielte in ihren Haaren. Paula sah wieder zu Steiner.
Während er redete und im Zimmer auf und ab ging, nahm das Leben des ersten Opfers langsam Gestalt an.

Rita Burkhardt hatte als Kellnerin in einem Bistro in der Innenstadt gearbeitet. Seit einem Jahr war sie geschieden. Ihr Ex-Mann konnte als Täter ausgeschlossen werden, da er zur Tatzeit mit seinem Lkw in Richtung Spanien unterwegs war. Sein Fahrtenbuch belegte das und es gab jede Menge Zeugen, andere Fernfahrer. Sie kannten sich seit Jahren, trafen sich oft an den Rastplätzen, tranken mal ein Bier zusammen, redeten und teilten die Einsamkeit der Straße. Als er erfuhr, was passiert war, kam er sofort zurück. Er war sehr betroffen. Es hatte den Anschein, als ob er seine geschiedene Frau noch immer liebte. Er meinte, sie hätten sich auseinandergelebt, woran sein Beruf nicht ganz unschuldig war. Doch nach der Scheidung hätte es so etwas wie eine Annäherung gegeben und er habe wieder Hoffnung geschöpft, dass sie ihm vielleicht doch noch eine Chance geben würde. Er hätte gern seinen Lebensabend mit ihr verbracht. Nur noch ein paar Jahre bis zur Rente, dann hätte er alle Zeit der Welt für sie gehabt. Doch sie wollte jetzt leben, nicht erst in ein paar Jahren. Sie wollte jeden Tag genießen, meinte er und eine Träne bahnte sich dabei einen Weg über seine Wange. Selbst dieses Detail der Befragung hatte ein akribischer Beamter in der Akte notiert. Verdächtige waren weder im familiären Umfeld noch im Bekanntenkreis

von Frau Burkhardt auszumachen. Trotz ihrer resoluten Art schien sie sehr beliebt gewesen zu sein.
Rita Burkhard war erwürgt worden. Ihr Kehlkopf wurde regelrecht zerquetscht. Der Täter hatte das Opfer auf makabere Weise zur Schau gestellt. Ihre Arme waren weit ausgebreitet. Er hatte ihr eine Küchenwaage auf die rechte Hand gestellt und ein großes Brotmesser, das er wohl in einer Küchenschublade fand, legte er ihr in die linke Hand. Das erschien den ermittelnden Beamten bereits merkwürdig. Doch erst als man die Leiche abtransportieren wollte, fand man unter der Toten die Tarotkarte. Die Karte zeigte das Motiv „Gerechtigkeit". In Ermangelung einer Waage, wie Justitia sie in der Hand hielt, musste wohl die alte Küchenwaage herhalten. Das Messer sollte anscheinend das Richtschwert symbolisieren. Kommissar Gunnar Brandt hatte diesen Fall übernommen und so hatten weder Steiner noch seine Kollegin diesen Tatort mit eigenen Augen gesehen. Sie kannten nur die Tatortfotos. Der Fall war ihnen erst übertragen worden, als sich herausstellte, dass es sich um einen Serientäter handeln könnte, und eine Sonderkommission gebildet wurde, deren Leitung Steiner übernahm.
Kommissar Steiner war in seinem Vortrag

beim zweiten Opfer angelangt und Paula nahm die nächste Akte zur Hand. Sie schlug die Seite mit dem Obduktionsbericht auf und lauschte Steiners Worten.

„Eva Sander hat in einem Reisebüro gearbeitet. Die energische Frau war seit Jahren geschieden. Ihr Ex-Mann wohnte in einem Vorort von München, wo er sich nachweislich auch zur Tatzeit aufhielt. Wie schon bei Rita Burkhard gab es auch in ihrem Umfeld keinerlei Hinweise auf ein Motiv, geschweige denn auf einen Verdächtigen. Eva Sander, das zweite Opfer, wurde ebenfalls erwürgt. Ihr wurden etliche Schnitt- und Stichverletzungen beigebracht. Der Leichnam war nahezu ausgeblutet. Als der Tod eingetreten war, wurde das Opfer entkleidet. Der Mörder legte ihre Sachen kreisförmig auf den Boden. Er hat das Opfer anscheinend in seinem Blut gewälzt und es dann in Seitenlage mit angewinkelten Beinen um den Kreis herum drapiert. In die Mitte des Kreises waren dieselben merkwürdigen Zeichen mit Blut gemalt worden, die auch die Spielkarte zeigt. Im Zentrum des Kreises lag die Tarotkarte ‚Rad des Schicksals'. Wie sie hier sehen ...", Steiner deutete auf die Pinnwand, „... zeigt die Karte das Abbild eines rötlich aussehenden Wesens, nackt, halb Mensch, mit einem Fuchskopf, das ebenso wie die Leiche um einen Kreis herum platziert

worden war. Ich wäre froh, wenn mir jemand von euch sagen könnte, was das zu bedeuten hat."
Stirnrunzelnd kam Steiner zum dritten Opfer. Er sah, wie Paula die dritte Akte vom Stapel nahm.
Dann begann er wieder auf und ab zu gehen.
„Beim dritten Opfer, Lisa Gessner, fand man die Tarotkarte ‚Tod'. Der Körper von Lisa Gessner wies so viele Verletzungen auf, dass es Dr. Zeisig schwerfiel, die Todesursache zu ermitteln. Sie hätte auf tausend Arten gestorben sein können. Doch todesursächlich war der Schnitt durch die Kehle. Dieser Schnitt wurde ihr beigebracht, als sie die Tür öffnete. Das bewies das Blut, das die Wand neben der Eingangstür bedeckte. Wäre sie nicht daran gestorben, dann hätte sie der Schlag auf den Kopf umgebracht, der mit solcher Wucht geführt worden war, dass ihr Schädel dabei zertrümmert wurde. Oder sie wäre an einem der zwanzig Messerstiche gestorben, die ihr post mortem beigebracht wurden. Und der Mörder musste auf ihr herumgesprungen sein, denn es fanden sich Schuhabdrücke auf ihrer Kleidung und entsprechende Hämatome auf und unter der Haut. Es gab keinen einzigen heilen Knochen in ihrem Körper."
Diese extreme Wut, mit der der Täter vorgegangen war, hatte Steiner nie zuvor in

seiner Laufbahn erlebt. Er schluckte hörbar und fuhr fort: „Über die arg verunstaltete Leiche hatte der Mörder eine Wolldecke gebreitet, die vollkommen blutdurchtränkt war. Und auf der Decke platzierte er die Tarotkarte. Das Opfer lag, von der Tür aus betrachtet, in demselben Winkel wie das Opfer, das auf der Spielkarte abgebildet war und über das der Tod, auf seinem Pferd sitzend, hinwegschritt. Auch auf der Spielkarte ist die Tote auf ähnliche Weise mit einer Decke verhüllt."

Steiner ging zur Korkwand und deutete auf ein Foto.

„Wera Sommer, das vierte Opfer, war ebenfalls genau so drapiert worden wie auf der Spielkarte. Bei ihr fand man das Motiv ‚Der Gehängte'. Auch sie wurde an der Eingangstür angegriffen und getötet. Ebenfalls durch einen Kehlschnitt. Dann wurde das Opfer ins Badezimmer geschleift. Der Täter nahm sich die Zeit, die Lampe abzumontieren und die Leiche an dem mitgebrachten Haken aufzuhängen und so herzurichten, dass es wie auf der Tarotkarte aussah, die er unter dem aufgehängten Opfer platzierte. Die Hände waren der Toten mit ihren eigenen Nylonstrümpfen hinter ihrem Rücken gefesselt worden. Der Täter hatte die Strümpfe aus ihrer Schlafzimmerkommode genommen. Ein wichtiges Detail", wie Steiner fand. „Er hatte die Tarotkarte und einen Haken mitgebracht, aber nichts, um die Hände des Opfers zu fesseln. Vielleicht hatte er sie erst aufgehängt und stellte dann fest, dass die Haltung der Arme nicht der Abbildung entsprach. Sie hingen schlaff herunter. Also sah er sich in der Wohnung um und fand die Nylonstrümpfe." Steiner sah sich um, alle Blicke waren auf ihn gerichtet.

„Und jetzt kommen wir zu weiteren Details, die von Bedeutung sein könnten: Bei den vorgenannten Opfern handelte es sich ausnahmslos um gestandene Frauen, die geschieden waren oder in Trennung lebten. Sie hatten alle annähernd die gleiche Statur. Zwischen eins fünfundfünfzig und eins fünfundsechzig, Rubensfigur, also man könnte sagen: klein und dick. Alle hatten braune bis rötlich-braune Haare und ihr Kleidungsstil war eher zweckmäßig bis plump. Und was vielleicht noch von Bedeutung ist: Alle Spielkarten gehörten zu den sogenannten großen Arkana.

Das letzte Opfer, Sarina Siebert, fällt da völlig aus der Reihe. Sie war jung, mit eins siebzig größer als die anderen, dabei aber sehr zierlich gebaut. Sie war von Natur aus blond und hatte grüne Augen, was sie auch in diesem Punkt von den anderen Opfern unterschied, die ausnahmslos braune Augen hatten. Ihre

Kleidung war überaus adrett und wich vom Stil her vollkommen von den Sachen der anderen Opfer ab. Ihre Wohnung war als Einzige verwüstet worden. Obwohl er auch bei den anderen Opfern die Schränke durchwühlt haben musste, hatte er dort keine Spuren hinterlassen, die auf einen Einbruch schließen ließen. Und wieso hat sie diese Tarotkarte bekommen, ‚Die Königin'? Weil sie hübscher war als die anderen? Außerdem gehört die Karte zu den kleinen Arkana ... weil sie jünger war? Oder hatte er die Karte nur ausgewählt, weil er wusste, dass sie eine Katze hatte? Und wieso versteckte er die Tarotkarte dieses Mal in ihrem Körper? Zwischen ihren Beinen? Hatte er die Beschreibung des Motivs, die den Tarotkarten beiliegt, wörtlich genommen? Es heißt dort unter anderem: ‚*Zeigen Sie, was in Ihnen steckt*'. Oder hat dieser Fall einen sexuellen Bezug? In den anderen Fällen gab es keine Hinweise auf eine sexuelle Motivation, was eigentlich auch untypisch ist, denn Serienmorde sind fast immer sexuell motiviert. Hat sie die Karte der Königin bekommen, weil sie die Krönung der Mordserie war? Oder wird der Täter weitermorden? Was war sein Motiv? Wir haben uns mit der Bedeutung der Tarotkarten befasst und sie mit den Lebensumständen der Opfer abgeglichen. Doch die Bedeutung der Karten ist so allgemein

gehalten, dass es alles bedeuten kann oder nichts. Es hat uns keinen Schritt weitergebracht. Wenn jemand eine Idee hat, die uns weiterhelfen könnte ..." Steiner blickte von einem zum anderen. Dann blieb sein Blick an Paula hängen. Zögernd hob sie die Hand.
„Ja, Paula?"
Die Kommissarin räusperte sich.
„Bei Sarina Siebert wurde ein Laptop gefunden, der zurzeit noch ausgewertet wird. Wie immer wurden als Erstes alle Bekannten und Verwandten befragt. Wir haben versucht, herauszufinden, ob die Opfer in irgendeiner Beziehung zueinander standen. Es haben sich noch keine Übereinstimmungen ergeben. Auch die Befragung der Nachbarn hat nichts ergeben. Keiner hat etwas Verdächtiges beobachtet. Ich würde vorschlagen, auf die Auswertung der kriminaltechnischen Untersuchung zu warten. Es nützt nichts, wahllos herumzustochern. Wir müssen mit Bedacht vorgehen, methodisch, und dann die richtigen Schlüsse ziehen."
„Ein guter Ansatz", sagte Steiner. „Aber wir sollten auch die psychologische Seite betrachten. Vielleicht bringt uns das weiter. Was wissen wir über Serienmörder? Laut Statistik sind sie zwischen sechzehn und sechsunddreißig Jahre alt. Ich behaupte jetzt mal, unser Täter ist älter, etwa so alt wie seine Opfer, also

zwischen vierzig und sechzig. Er ist mit ihnen gealtert. Irgendetwas hat sich in seinem Leben verändert, das Auslöser für die Taten war. Vielleicht ist eine Bezugsperson gestorben oder hat sich von ihm getrennt, vielleicht wurde er aus langjähriger Haft entlassen oder er ist erst hierhergezogen und hat vorher woanders unentdeckt gemordet. Wir sollten unbedingt die Meldestelle kontaktieren, ob jemand im letzten halben Jahr in die Parkstraße gezogen ist oder in die nähere Umgebung, vielleicht auch in den Friedhofsweg oder die angrenzenden Straßen. Und wenn einer, der das entsprechende Alter hat, hergezogen ist, dann überprüft, ob es dort, wo derjenige herkam, ähnlich gelagerte Mordfälle gab, in denen eine Tarotkarte am Tatort zurückgelassen wurde und eventuelle Opfer ebenso makaber drapiert wurden wie in unseren Fällen. Wir dürfen nichts außer Acht lassen." Paula nickte. Steiner ging weiter im Zimmer auf und ab.

„Und wir müssen beachten, dass die Reihenfolge, in der die Opfer gefunden wurden, nicht der Reihenfolge entspricht, in der sie ermordet wurden. Wera Sommer zum Beispiel hing schon länger im Bad. Deshalb hat der kleine Hund der Lehmanns auch so einen Aufstand veranstaltet. Er hatte schon tagelang den Leichengeruch in der Nase. Laut Dr. Zeisig können wir den Todeszeitpunkt um circa zwei Wochen zurückdatieren. Und wenn wir nun die Opfer nicht in der Reihenfolge betrachten, in der sie gefunden worden, sondern in der Abfolge, in der sie umgebracht wurden ..." Er ging zur Pinnwand und hängte die Fotos der Opfer um. „... dann sehen wir hier die Entwicklung, die der Täter genommen hat. Die ersten Opfer wurden durch einen Schnitt durch die Kehle ermordet. Dabei hatte der Mörder eine größere Distanz zum Opfer. Ein schneller Schnitt und fertig. Die anderen Opfer hat er erwürgt. Das erfordert eine größere Nähe zum Opfer." Steiner baute sich vor Paula auf und legte ihr die Hände um den Hals. „Während er zudrückt, sieht er, wie sich die Augen seines Opfers erweitern, wie es nach Luft ringt." Steiner ließ Paulas Hals los. „Es ist anzunehmen, dass es ihn antörnt, den Todeskampf zu beobachten und seine Macht über Leben und Tod zu spüren."

„Aber welche Entwicklung meinen Sie denn?", fragte Gunnar Brandt.

„Nun." Steiner nahm seine Tasse, ging zum Sideboard hinüber und goss sich Kaffee ein. Er gab zwei Stückchen Zucker und Milch dazu, rührte um und fuhr fort: „Der Täter hat gelernt, dass es ihm mehr Vergnügen bereitet, wenn das Opfer langsam stirbt und er ihm aus nächster Nähe dabei zusehen kann. Für uns bedeutet das, dass es völlig unterschiedliche Tatbilder gibt. Einem Opfer wurde die Kehle durchtrennt, ein anderes wurde erwürgt, da würde man konsequenterweise auf zwei verschiedene Täter schließen. Aber was macht unser Mörder? Er hinterlässt an allen Tatorten eine Tarotkarte, quasi als Markenzeichen, um uns zuzurufen: ‚Schaut her, ich hab wieder zugeschlagen.' Man könnte meinen, er verhöhnt uns." Steiner setzte sich wieder.

„Nur diese Sarina Siebert passt wieder nicht ins Bild. Wenn man voraussetzt, dass der Täter seine Opfer nun erwürgt, weil es ihm mehr Befriedigung verschafft, wieso greift er dann das letzte Opfer wieder mit dem Messer an? Weil sie eine besondere Rolle für ihn spielt? Hat es wieder etwas mit der Karte der Königin zu tun? Er wollte sie von vornherein mit dem Messer umbringen, denn wir haben gleich hinter der Eingangstür Blut gefunden. Diese Sarina wird uns noch Rätsel aufgeben." Steiner trank einen Schluck und verzog angewidert den Mund. „Bäh! Der ist ja kalt." Enttäuscht stellt er die Tasse wieder hin.

„Der ist auch von gestern", meldete sich Lenchen. „Der frische Kaffee ist alle. Sorry, Chef."

„Kein Problem", winkte Steiner ab. „Was können wir noch über Serientäter im Allgemeinen sagen?", fragte er rhetorisch. Er ließ seine

Kollegen nicht zu Wort kommen, sondern fuhr gleich fort: „Sie haben meist eine geringe Schulbildung, was aber oft nicht daran liegt, dass sie dumm sind. Im Gegenteil. Einige der bekanntesten Serientäter haben sich als äußerst intelligent erwiesen. Die geringe Schulbildung hat eher mit dem sozialen Umfeld zu tun, in dem die Täter aufgewachsen sind. Oft erleben sie häusliche Gewalt; werden Zeuge, wenn die eigene Mutter misshandelt wird, oder werden sogar selbst Opfer von Gewalt und Missbrauch. In meinen Augen handelt es sich um eine Fehlprägung. Sie sehen es als normal an, dass Frauen schlecht behandelt werden. Oder sie leiden an einer psychischen Störung. Natürlich ist nicht jeder, der in der Kindheit Opfer von Gewalt wird, ein potenzieller Killer. Nein, weiß Gott nicht. Da muss schon eine langjährige Fehlentwicklung auf eine hochpathologische Veranlagung treffen. Die Hirnforschung hat herausgefunden, dass bei Serienmördern die Bereiche im Gehirn, die für Emotionen zuständig sind, der Hypothalamus zum Beispiel, organisch völlig unterentwickelt sind. Das macht es ihnen unmöglich, Liebe oder Mitgefühl, Anteilnahme oder sonstige Gefühle zu zeigen, die uns menschlich machen. Diese Täter stehen oft am Rande der Gesellschaft, haben kaum oder gar keine sozialen Kontakte. Sie fühlen sich als

Versager, weil sie ihrer Meinung nach nie eine Chance hatten. Meist verhalten sie sich jedoch unauffällig und werden von Nachbarn in der Regel als nett und hilfsbereit beschrieben. Die Auslöser können, je nach Motivation des Täters, ganz verschieden sein. Ärger auf der Arbeit oder Frust, weiß Gott weshalb, können ihn veranlassen, wieder ein neues Opfer zu suchen. Wenn sein Chef ihn niedermacht, dann muss er sich am Abend selbst beweisen, wie mächtig er ist. Herr über Leben und Tod. Bei der speziellen Gewalt gegen Frauen kann auch eine kindliche Fehlprägung oder die eigene Impotenz eine Rolle spielen. Vielleicht sogar Missbrauch, der von der Mutter ausging. Diese Variante des Kindesmissbrauchs wird oft totgeschwiegen. Wir müssen alle Möglichkeiten in Betracht ziehen. So, genug geredet. Lassen Sie uns jetzt ein bisschen Staub aufwirbeln."

Steiner sah in die Runde.

„Lenchen, du übernimmst die Meldestelle, wegen der Zugezogenen und wegen der Sterbefälle, die vielleicht Auslöser gewesen sein könnten. Häng dich ans Telefon. Gunnar, du checkst die Justizvollzugsanstalten wegen der kürzlich Entlassenen. Bundesweit. Ingo, du fragst bei Psychologen und psychiatrischen Kliniken nach. Und Paula, du durchforstest unsere Datenbanken mit den üblichen

Verdächtigen. Von mir aus schau auch bei Interpol und überall, wo du sonst noch Zugriff hast. Da kannst du ruhig kreativ sein. An die Arbeit!"

Die Kollegen erhoben sich von ihren Stühlen und verschwanden einer nach dem anderen in ihren Büros.

Steiner ging in die Kantine, bestellte sich einen großen Pott Kaffee und verschlang eine Riesenportion Nudeln mit Tomatensoße, bevor er sich eingehend mit den Tarotkartenmotiven und deren Bedeutung beschäftigte. Es musste doch einen Grund geben, wieso der Täter die Karten am Tatort zurückließ. Vielleicht kam er ja doch noch dahinter. Mit vollem Magen konnte er am besten denken.

## 11. Kapitel

Da stand ich nun. Meine neu gewonnene Freiheit machte mir für einen Augenblick das Herz leicht. Ich hatte mich verbotenerweise selbst aus dem Tierheim entlassen. Cleo, die Ausbrecherkönigin. Ich sah mich um. Den Maschendrahtzaun im Rücken, erstreckte sich vor mir eine Lichtung, links sah ich ein kleines Wäldchen. Rechts von mir wuchs das Unkraut so hoch dass ich es nicht überblicken konnte, auch nicht, wenn ich mich auf die Hinterbeine stellte. Wie es schien, lag das Tierheim fernab der Zivilisation, irgendwo im Nirgendwo. Ein kleiner Trampelpfad führte außen am Zaun entlang. Es war vielleicht keine schlechte Idee, diesem Pfad zu folgen. Ich schlich also um den eingezäunten Tierheimkomplex herum, bis ich die Straße erreichte. Doch wohin sollte ich nun laufen? In welcher Richtung lag mein Zuhause? Als man mich herbrachte, steckte mir der Mord an Sarina in den Knochen und ich erlebte die ganze Fahrt wie im Nebel. Würde sich der Nebel lichten? Würde ich irgendetwas wiedererkennen? In der einen Richtung konnte ich eine große Stadt erkennen, mit riesigen Häusern. So hohe Häuser hatte ich noch nie zuvor gesehen. Von dort bin ich ganz sicher nicht gekommen. In der anderen Richtung waren Felder und Wiesen. Die Autofahrt hatte eine ganze Weile gedauert. Gut möglich, dass wir von dort gekommen waren. Ich beschloss, der Straße in dieser Richtung zu folgen.

Der Tag war kalt, aber sonnig. Das Gras am Straßenrand war noch feucht vom Tau. Schon nach den ersten paar Schritten hatte ich nasse Pfoten. Da es zu gefährlich war, auf der trockenen Straße zu laufen, musste ich wohl oder übel den Grünstreifen benutzen und nasse Pfoten in Kauf nehmen. Ich dachte an meine Sarina und daran, dass ich ihren Tod rächen würde. Also Augen zu und durch! Ich schüttelte noch kurz meine rechte Hinterpfote aus, dann trabte ich los.

Abgeerntete Felder erstreckten sich bis zum Horizont. Die schwarze Erde war umgepflügt worden und tiefe Furchen zogen sich bis zum Ende der Welt. So schien es zumindest. Ich hatte keine Ahnung, wohin mich diese Straße führen würde, aber ich war fest entschlossen, anzukommen. Während ich so dahintrabte, überlegte ich, wie ich weiter vorgehen sollte, falls ich jemals zu unserem Katzenrevier zurückfinden würde. Und so überlegte ich … und trottete … und grübelte … und trabte … den ganzen Vormittag.

Wie aus dem Nichts tauchte plötzlich ein Fuchs auf. Zum Glück nahm ich aus dem Augenwinkel eine Bewegung wahr. Bevor er zupacken konnte, folgte ich meinem Fluchtinstinkt und preschte davon, während das Geräusch seiner zuschnappenden Zähne in meinen Ohren hallte. Der Fuchs war mir dicht auf den Fersen, hetzte hinter mir her und auf freiem Feld hätte er mich sicher erwischt. Ich schlug Haken, um ihn abzuhängen, doch ich war nicht gut in Form. Der lange Fußmarsch hatte mir die Kräfte geraubt. Dass ich in den letzten Tagen aus Trauer um Sarina das Futter verweigert hatte, war auch nicht unbedingt von Vorteil. In letzter Sekunde konnte ich mich auf einen der Obstbäume retten, die in unregelmäßigen Abständen die Straße säumten. Da hockte ich nun in einer Astgabel und beobachtete aus luftiger Höhe, wie Meister Reineke um den Baum strich, an meiner Fährte schnüffelte und zu mir hinaufsah. Zwei, drei Mal versuchte er, am Stamm nach oben zu springen, doch glücklicherweise fand er keinen Halt. Nach einer Weile gab er es auf und trollte sich. Ich traute dem Frieden noch nicht und blieb erst mal, wo ich war. Der Schreck saß mir noch in den Knochen. Als sich mein Herzschlag wieder normalisiert hatte, betrachte ich die Gegend. Sie kam mir bekannt vor.

In der Ferne sah ich ein graublaues Band am Horizont, ein Gebirge. Es trennte das Schwarz der abgeernteten Felder vom blassblauen Himmel dieses Novembertages. Die Erinnerung an einen heißen Sommertag flimmerte vor meinem geistigen Auge, genau so wie der heiße Asphalt damals in der Ferne geflimmert hatte. Ich sah wieder die staubtrockenen Ähren, die golden in der Sonne schimmerten, und den Feldrain, der von Wildblumen überquoll. Ich befand mich auf derselben kleinen Anhöhe, wo ich im letzten Sommer eine grausige Entdeckung gemacht hatte. Jetzt wusste ich, dass ich mich auf dem richtigen Weg befand.

Als Stunden später die Nacht hereingebrochen war, ließ ich mich am Stamm nach unten gleiten. Alle Sinne geschärft, trabte ich weiter. Nachdem ich eine halbe Stunde gelaufen war, sah ich in der Ferne den Waldrand. Ich wusste, wenn ich der Straße durch den Wald folgte, würde ich noch in dieser Nacht mein angestammtes Revier erreichen.

## 12. Kapitel

*"Jeden Morgen warte ich in der dunklen Küche, spähe durch die Maschen der geschlossenen Gardine. Schemenhaft sehe ich die Gestalt näherkommen. Ich lausche auf die Schritte, die sich zielstrebig den Gartenweg entlangbewegen und vor meiner Haustür innehalten. Dann höre ich ein Rascheln; jemand steckt etwas durch den Zeitungsschlitz. Ich warte in der Dunkelheit, bis sich die Schritte wieder entfernen. Noch vor ein paar Wochen interessierte mich die Zeitung nicht so brennend. Nun harre ich im Verborgenen aus, weil der Zeitungsbote nicht glauben soll, dass sich das geändert hätte. Das plötzliche Interesse könnte ihn misstrauisch machen. Ich darf keinen Verdacht erregen, alles muss so sein wie immer. Doch in Wahrheit kann ich es kaum erwarten, die Morgenzeitung in die Finger zu kriegen, um mich über den neusten Stand der Ermittlungen zu informieren. Mittlerweile bin ich ihnen sogar die Titelseite wert.*
*Als ich heute Morgen die Zeitung aufschlug, konnte ich mir ein Grinsen nicht verkneifen. Den ‚Tarotmörder' nennen sie mich jetzt. War ja nur eine Frage der Zeit, bis dieses kleine Detail an die Presse durchsickern würde.*

*Es war eine gute Idee, diese Tarotkarten zu kaufen und immer eine am Tatort zu lassen. Die blöden Bullen hecheln doch tatsächlich der falschen Fährte hinterher. Jetzt nehmen sie wahrscheinlich grade die Herren Wahrsager unter die Lupe. Da haben sie ja die richtigen Spinner beim Wickel. Falls einer von denen wirklich in die Zukunft sehen kann, dann dürfte der ja auch nicht überrascht sein, wenn die Polizei bei ihm klingelt. Schade, dass ich nicht dabei sein kann, wenn einer von denen verhört wird ..."*

Als ich das Ortseingangsschild passierte und endlich die mir vertraute Gegend erreichte, graute bereits der Morgen. Die kleine Stadt schien in diesem Moment aus ihrem Dornröschenschlaf zu erwachen. Ein Lieferauto rumpelte die Straße entlang; eine Frau ging mit ihrem Hund gassi; jemand trug Zeitungen aus. In der Nacht war es bitterkalt gewesen. Das Gras am Straßenrand war immernoch von Raureif überzogen und raschelte bei jedem Schritt.
Ich war ausgehungert, alles tat mir weh, meine Pfoten waren wund gelaufen und ich brauchte

dringend eine Mütze Schlaf. Ich überlegte kurz, welche Richtung ich einschlagen sollte. Bei meiner Freundin Mia, der Streunerin, könnte ich bestimmt für eine Weile unterkriechen. Aber meine Pfoten liefen, wie von einem Magnet angezogen, direkt nach Hause. Das Badezimmerfenster war verschlossen, doch zum Glück hatten die Langbeiner nicht daran gedacht, auch die Katzenklappe zu verriegeln. Ich betrat auf leisen Sohlen unser Haus. Der Blutfleck hinter der Tür war verschwunden. Es roch nach Putzmitteln der übelsten Sorte. Ich sah mich um. Es war still im Haus. Alles war wie immer, als würde Sarina jeden Moment nach Hause kommen.

Traurig trottete ich ins Wohnzimmer, sprang an meinem Kratzbaum hinauf bis auf die oberste Liegefläche. Dort rollte ich mich ein und war von einem Moment zum nächsten eingeschlafen.

Ich weiß nicht, wie lange ich geschlafen hatte, doch es war bereits wieder dämmrig draußen, als ich von einem Geräusch geweckt wurde. Vor unserem Haus hatte eine dieser stinkenden lauten Blechbüchsen, mit denen die Langbeiner durch die Gegend brausen, angehalten.

Schwere Schritte näherten sich der Eingangstür, ein Schlüssel wurde im Schloss gedreht. Jemand betrat unseren Flur. Geräuschlos sprang ich vom Kratzbaum und ging hinter der Gardine, die bis auf den Boden hinabreichte, in Deckung. Ich hörte, wie jemand den Flur in Richtung Küche entlangging. Nun war es ganz still. Der Eindringling schien an der Küchentür zu verharren. Wer ist das und was machte er hier? Sollte ich hinschleichen und nachsehen? War der Mörder an den Ort des Verbrechens zurückgekehrt? Meine Nackenhaare richteten sich auf. Ich spürte, wie sich die Wut in meinem Magen zusammenballte. Mutig kam ich hinter der Gardine hervor. Gemessenen Schrittes näherte ich mich der Wohnzimmertür, wie ein Kämpfer, der die Arena betritt. An der Tür blieb ich stehen und spähte um die Ecke in den Flur. Niemand war da. Merkwürdig. Ich hätte schwören können ... Doch da hörte ich, wie in der Küche ein Stuhl gerückt wurde. Der Fremde musste sich lautlos dorthin bewegt haben. Wer schlich hier herum wie ein Dieb? Vorsichtig bewegte ich mich den Flur entlang, bis ich einen Blick in die Küche werfen konnte. Eine hünenhafte Gestalt saß am Esstisch. Große, schwarze Schuhe, silbergraues, kurz geschnittenes Haar, ein knitteriger Anzug. Ich kannte diesen Langbeiner mit den seltsamen blauen Augen noch vom letzten Jahr: Es war Kommissar Steiner. Er blickte sich gerade nachdenklich in der Küche um. Ich setzte mich und beobachtete ihn. Er schien den Tatort auf sich wirken zu lassen. Seine sonst so klaren blauen Augen sahen trüb aus. Eine Mischung aus Traurigkeit und Mitgefühl spiegelte sich darin. Es dauerte einen Moment, bis er mich bemerkte.

„Nanu? Wo kommst du denn her?", fragte der Kommissar überrascht.

Ich ging zu ihm hin und rieb mich an seinem Hosenbein. Er streichelte mich. So viel Sanftheit hätte ich diesen Händen, die so groß wie Tortenteller waren, gar nicht zugetraut. Ich genoss die Streicheleinheiten, dann ging ich zum Vorratsschrank, mauzte und kratzte an der Tür.

„Ah, verstehe, du hast Hunger." Der Kommissar erhob sich und öffnete die Schranktür. Ganz unten fand er mein Katzenfutter. Er nahm eine Dose heraus, öffnete sie und suchte in den Schubladen nach einem Löffel. Als er fündig wurde, füllte er herrlich duftendes Futter in meinen Napf. Seit Sarinas Tod hatte ich nichts mehr gefressen. Um so gieriger stürzte ich mich jetzt auf die leckere Mahlzeit. Während ich fraß, musterte mich der Kommissar. Seine Blicke brannten förmlich auf meinem Pelz. Als alles verputzt war, leckte ich noch den Napf aus, dass er nur so glänzte und spiegelte.

Kommissar Steiner war klar, dass er diese Katze nicht noch einmal ins Tierheim bringen lassen würde. Wer konnte schon ahnen, welche Strapazen das arme Tier auf sich genommen hatte, um wieder hierherzukommen? Er betrachtete sie. Diese schwarzbunte Katze mit dem roten Hinterbein kam ihm bekannt vor.

Er erinnerte sich an den „Unfall", der sich im letzten Jahr in der Nachbarschaft ereignet hatte und der auf merkwürdige Weise darauf hingedeutet hatte, dass die Katzen an den Vorkommnissen nicht ganz unschuldig waren. Bei den Ermittlungen zu dem damaligen Fall war ihm diese Katze zum ersten Mal begegnet. Sie war etwas ganz Besonderes, das stand fest. Und dass sie sich aus dem Tierheim anscheinend selbst entlassen und den Weg nach Hause gefunden hatte, bestärkte ihn in seiner Ansicht. Er beschloss, diese schwarzbunte Katze im Auge zu behalten.

Was auch immer es mit dieser seltsamen Katze auf sich hatte, er wurde das Gefühl nicht los, er müsse sich ihr anvertrauen. Er wusste, es war blödsinnig, anzunehmen, dass die Katze ihm bei der Aufklärung des Falles helfen könnte.

Aber es war ihr Frauchen, das ermordet worden war. Als sie am Tatort eintrafen, saß die Katze zu Füßen des Opfers. Hatte sie mit ansehen müssen, wie ihr Frauchen ermordet wurde? Vielleicht war die Katze der einzige Zeuge, den sie in dieser ganzen Mordserie hatten. Konnte sie ihm einen Hinweis auf den Täter geben, wenn er nur genau genug darauf achtete?

Die Katze war ins Wohnzimmer gelaufen. Langsam und vorsichtig, um ihr keine Angst zu machen, ging der Kommissar hinterher. In der Wohnzimmertür blieb er stehen und beobachtete sie.

Der Laptop fehlte. Das war der Katze sofort aufgefallen, wie es schien. Sie sprang auf den Schreibtisch und zerrte an dem Kabel, dessen eines Ende nun nutzlos auf der Schreibtischplatte lag.

Der Kommissar beobachtete die Katze. Es schien ihm, als zerrte sie demonstrativ an dem Kabel ... und sie sah ihn dabei an.

„Den haben wir mitgenommen", sagte der Kommissar leise.

Sofort ließ die Katze das Kabel fallen und sprang vom Schreibtisch herunter, als hätte sie ihn verstanden.

Der Kommissar setzte sich in einen der Sessel und beobachtete die Katze.

Sie ging im Zimmer herum, als suche sie etwas.

Dabei reckte sie die Nase in die Luft und schnupperte. Was sollte das bedeuten? Von Zeit zu Zeit blieb sie stehen und flehmte, als würde sie Witterung aufnehmen. Was um alles in der Welt nahm diese Katze wahr? Er wusste, dass der Geruchssinn der Katzen nicht ganz so gut war, wie der von Hunden, aber er war dennoch dem des Menschen haushoch überlegen.

„Was gibt es da so Interessantes?", fragte sich Steiner laut. Wie auf Kommando verließ die Katze das Wohnzimmer. Steiner erhob sich und folgte ihr. Sie lief schnurstracks zurück in die Küche. Als sie an die Stelle kam, an der Sarina gelegen hatte, begann sie im Kreis herumzulaufen. Ihr Fell sträubte sich und ein klagender Laut, den man für Trauer hätte halten können, durchbrach die Stille. Ein eiskalter Schauer kroch Steiner den Rücken hinab. Das merkwürdige Verhalten dieser Katze war geradezu unheimlich. Nun setzte sich die Katze und sah den Kommissar unverwandt an, fast herausfordernd. Wenn sie doch nur reden könnte, dachte er.

Ich beobachtete den Kommissar. Er stand in der Tür, sah mir zu und wurde kreidebleich, aber er schnupperte nicht. Er machte nicht mal den Versuch, an irgendetwas zu schnuppern. Roch er denn nicht diesen merkwürdigen Mief? Ich konnte ihn immer noch wahrnehmen, wenn auch nur noch sehr schwach und überlagert vom scharfen Putzmittelgeruch. Dachte er vielleicht, Sarina habe diesen üblen Gestank verbreitet?

Er schien ja ganz nett zu sein, aber anscheinend fehlten ihm die entscheidenden Sinne. Seine Nase war zwar im Vergleich zu meiner Katzennase riesig, aber dieser Gesichtserker diente wohl nur zur Zierde, wenn er nicht mal in der Lage war, diesen Geruch zu erschnüffeln.

Es hatte den Anschein, als ob er den Fall ohne meine Hilfe nicht lösen könnte.

Es war gut, dass ich aus dem Tierheim ausgebüxt war. Vielleicht würde es mir gelingen, dem Kommissar ein paar Hinweise in die Hand zu spielen — falls ich welche finden sollte.

## 13. Kapitel

Er zog seine Schuhe aus und stellte sie auf den großen schwarzen Abtreter. Sorgfältig. Einen Schuh genau parallel zu dem anderen und ganz an den rechten oberen Rand des Abtreters, so wie er sie immer hinstellte. Er griff in seine rechte Jackentasche und holte einen Schlüsselbund hervor. Er wählte den Wohnungsschlüssel aus, steckte ihn mit der rechten Hand ins Schloss, drehte ihn und drückte mit der Linken die Klinke. Auf Strümpfen betrat er den winzigen Flur. Der wohlige Geruch von Putzmitteln umfing ihn. Er zog seine Jacke aus und hängte sie an die altmodische Eichenholzgarderobe gleich neben der Tür. An ihren Haken, den ganz rechts. Den, an dem sie immer hing. Auf Strümpfen bewegte er sich lautlos in die Küche. Der Vorhang des Küchenfensters war zugezogen. Das Licht fiel gedämpft durch die geblümte Gardine und erhellte einen zweckmäßig eingerichteten Raum. Eine kleine Küchenzeile mit den notwendigsten Utensilien, gegenüber ein kleiner Tisch und zwei Stühle. Ein Sammelsurium von Putzmitteln stand griffbereit neben der Spüle. Alles war peinlich aufgeräumt, die Steinfliesen glänzten vom Bohnerwachs und rochen auch danach. Das Einzige, was herumlag, war die Zeitung, die er heute Morgen gelesen hatte. Obwohl, sie lag natürlich nicht einfach so herum. Sie lag in der Mitte des Küchentisches, genau ausgerichtet, parallel zu den Tischkanten. Normalerweise hätte er eine gelesene Zeitung sofort entsorgt, aber seit er — oder besser gesagt seine Taten — die Titelseite zierten, konnte er sie nicht einfach so wegschmeißen. Er ließ sie bis zum nächsten Morgen auf dem Tisch liegen, bis eine neue Ausgabe ihren Platz einnehmen würde. Dann nahm er die Schere und schnitt den Artikel aus. Das tat er mit großer Sorgfalt. Er schnitt genau drei Millimeter neben der Schrift, ganz gerade. Besonders freute es ihn, wenn auch Bilder dabei waren, von den Opfern, vom Tatort oder von den ermittelnden Polizeibeamten. Er klebte alles auf ein jungfräulich weißes Blatt Papier, das er dann in seinen Ordner heftete. Dem Anlass entsprechend, hatte er vor ein paar Wochen in einem Schreibwarenladen am anderen Ende der Stadt einen schwarzen Ordner gekauft. Schwarz passte gut. Ein bisschen Pietät musste schon sein, wie er fand. Ein Lächeln glitt über sein Gesicht bei dem Gedanken, dass er morgen früh den nächsten Artikel würde ausschneiden können. Er ging zur Spüle, füllte Wasser in einen Kessel, zündete den Gasherd an und platzierte den Flötenkessel über den bläulich züngelnden Flammen. Dann öffnete er den Vorratsschrank. Zufrieden sah er hinein. Alles, was sich darin befand, war sorgsam geordnet; alle Dosen mit dem Etikett nach vorn; alle Tassen mit dem Henkel nach rechts. Seit seine Frau ihn verlassen hatte, gab es niemanden, der seine heilige Ordnung durcheinanderbrachte. Und das war gut so. Er nahm eine große Tasse heraus und die Dose, in der er Teebeutel aufbewahrte. Er öffnete sie, entnahm ihr einen Beutel Pfefferminztee und ließ ihn in die Tasse gleiten. Dann stellte er die Dose zurück und schloss die Schranktür. Er hatte noch Zeit, bis das Wasser kochte. Da konnte er sich noch schnell seine Schätze ansehen. Es war ihm zur Angewohnheit geworden, diese zwischen den Tätigkeiten, die er im Haus verrichtete, immer wieder zu bewundern. Er ging ins Schlafzimmer und öffnete die oberste Schublade seines Nachttisches. Er nahm seine Schätze einzeln heraus und behielt sie einen Moment in der Hand, bevor er sie aufs Bett legte: ein runder Taschenspiegel zum Aufklappen, ein Gürtel mit bronzierter Schnalle, ein Goldring mit einem Rubin, ein malvenfarbener Lippenstift und eine Kette mit einer hübschen Katze aus Swarowski-Kristallen als

Anhänger. Seine neuste Errungenschaft waren zwei kleine silberne Haarspangen, die mit Strasssteinchen verziert waren. Jedes Teil erinnerte ihn an eine andere Frau. Und daran, wie sie zu Tode gekommen war. Daran, wie er sie umgebracht hatte. Am allerschönsten war es, wenn er in seinem Ordner blätterte, die wahnsinnig komischen Artikel las und dabei seine Souvenirs in die Hand nahm. Er konnte Stunden damit verbringen, sich immer wieder an den Erinnerungen zu berauschen. Aber heute hatte er keine Zeit dafür, denn er war einer Frau begegnet, die ihn auf eine verstörende Weise an seine Exfrau erinnerte. Er hatte herausgefunden, wo sie wohnte. Das war nicht besonders schwer gewesen. Sie war zu Fuß unterwegs. Er hatte sein Auto stehen lassen und war ihr gefolgt. In gebührendem Abstand natürlich. So einfach war das. Aber heute war er stark geblieben, hatte sein Verlangen im Zaum gehalten. Er hatte sich nicht dazu hinreißen lassen, sich gleich um sie zu kümmern, wie neulich. Wie konnte er nur so unvorsichtig gewesen sein? Auch das mit der lästigen Zeugin war notwendig gewesen, aber was hätte da nicht alles passieren können. Es war purer Zufall, dass niemand zu Hause war. So durfte man sein Schicksal nicht herausfordern. Er musste vorsichtig bleiben. Schließlich kannte er die Regeln. Außerdem bereitete es ihm viel mehr Vergnügen, wenn er sich Zeit ließ und vor der Vollstreckung alles über sein Opfer herausfand. Heute Abend würde er versuchen, sich von hinten durch die Gärten an das Haus heranzuschleichen. Er musste mehr über sie erfahren. Wohnte sie allein? Wie verbrachte sie ihre Abende? Wann ging sie aus dem Haus und, was noch wichtiger war, wann kam sie zurück? Und wann wird wohl die beste Zeit für sie sein, sich für immer von der Bildfläche zu verabschieden — mit seiner Hilfe? Er tastete in der Schublade umher und fand die kleine Pappschachtel ganz hinten in der Ecke. Die restlichen Tarotkarten. Er zog ein paar Handschuhe aus der Tasche, die zu seiner Standardausrüstung gehörten, streifte sie über und nahm die Karten aus der Verpackung. Er breitete sie neben seinen Schätzen auf dem Bett aus und fuhr mit dem Finger über die Motive. Wie hieß es so schön in der beiliegenden Beschreibung: Man soll die Motive auf sich wirken lassen. Das tat er auch und dachte daran, wie er die nächste Leiche herrichten würde. Da war noch die Karte des Teufels: Er könnte der nächsten Schlampe eine Eisenkette um den Hals legen. Das wäre doch hübsch. Oder die Karte „Der Stern"? Er legte den Kopf schief und strich mit dem Zeigefinger sanft über das Motiv. Er könnte die Leiche mit angewinkelten Beinen so drapieren, dass es aussah, als würde sie knien. Nur wäre sie dann nicht von Wasser umgeben, wie auf dem Bild, sondern von Blut. Er lächelte böse. Ein schrilles Pfeifen riss ihn aus seinen Gedanken. Der Wasserkessel.

## 14. Kapitel

„Na sieh mal einer an ...!" Paula grinste. Sie blätterte im Bericht der Kriminaltechnik. Der Laptop des letzten Opfers war überprüft worden. Eine interessante Entdeckung hellte Paulas Miene auf. Ein gewisser Marco Volkmann war am Tatabend mit Sarina Siebert verabredet gewesen und am nächsten Morgen war sie tot. Hintergrundinformationen zu Marco Volkmann waren dem Bericht bereits beigefügt worden.

„Marco Volkmann, da haben wir dich also." Triumphierend sah Paula Kommissar Steiner an, der ihre Freude nicht recht teilen wollte. Sie stand auf und ging zur Wandtafel, an die die Fotos der Opfer, ein Stadtplan und andere Hinweise und Notizen, die für die Aufklärung der Fälle von Belang sein könnten, angepinnt waren.

Sie warf einen Blick auf den Stadtplan.

„Schau mal, Tom, dieser Marco Volkmann wohnt Kreuzweg 4." Sie nahm einen roten Pin und markierte die Stelle auf der Karte. „Und der Kreuzweg grenzt hier an die Parkstraße. Und in dem Eckhaus befindet sich die Bäckerei, in der Lisa Gessner als Verkäuferin gearbeitet hatte. Mit Sicherheit hat er dort seine Brötchen gekauft, er wohnt ja nur drei Häuser weiter. Also kannte er auch Lisa Gessner, zumindest vom Sehen. Na, wenn das kein Zufall ist!"

Sie nahm einen weiteren Pin, dieses Mal einen blauen, und markierte damit das Eckhaus.

„Und hier ...", sie pikste noch einen roten Pin in den Stadtplan, „... arbeitet Marco Volkmann: im Computerladen am Neumarkt. Rate mal, wo er vorbeikam, wenn er zu Fuß zur Arbeit ging?" Paula wartete die Antwort nicht ab. „Bei Manni's Bistro, wo das erste Opfer, Rita Burkhard, als Aushilfe arbeitete. Mit Sicherheit kannte er auch sie. Er ist Single. Man kann fast zwangsläufig davon ausgehen, dass sich alleinstehende Männer kein Drei-Gänge-Menü kochen, wenn sie am Abend nach Hause kommen. Das Bistro auf dem Heimweg hat er mit Sicherheit öfter besucht, darauf könnte ich meine Großmutter verwetten. Zum Glück lässt sich das leicht nachprüfen. Bestimmt erinnert man sich in dem Laden an ihn. Mensch, Tom, überleg mal: Sarina Siebert, Lisa Gessner und Rita Burkhard! Er kannte drei Opfer. Was, wenn er auch die anderen beiden kannte? Ich finde das schon sehr verdächtig."

„Wir sollten keine vorschnellen Schlüsse ziehen. Nur weil er bei diesem Bäcker seine Brötchen kaufte, muss er nicht zwangsläufig der Täter sein. Aber du hast Recht, Paula. Auf jeden Fall sollten wir ihn mal zur Vernehmung vorladen. Immerhin ist er der Letzte, der Sarina Siebert lebend gesehen hat. Und wir sollten ihn auf jeden Fall genauer unter die Lupe nehmen. Vielleicht ergeben sich ja auch zu den anderen beiden Opfern irgendwelche Verbindungen."

Wenig später versuchte eine ganze Horde von Polizeibeamten, alles, aber auch wirklich alles über Marco Volkmann herauszufinden. Sie rollten Marcos Leben vom Kindergarten bis zur Gegenwart komplett auf und beleuchteten jedes Fitzelchen an Information von allen Seiten. Ziemlich schnell kam heraus, dass er auch Klara Sommer kannte. Er hatte einmal ihren Computer repariert. Normalerweise brachten die Leute ihre defekten Geräte in den Shop, wo sie in der angeschlossenen Werkstatt, in der Marco arbeitete, repariert wurden. Doch ab und zu kam es vor, dass sie die kaputten Computer bei den Kunden vor Ort reparierten, wenn die Auftraggeber ein paar Scheinchen extra springen ließen. Klara Sommer hatte ein paar Scheinchen extra springen lassen und Marco hatte Klara Sommer zu Hause aufgesucht, um ihren Computer zu reparieren. Bei der Gelegenheit konnte er feststellen, dass sie allein lebte und wie man sich Zutritt zum Haus verschaffen konnte. Das alles machte ihn noch verdächtiger, als er ohnehin schon war. Es wurde höchste Zeit, diesem Marco Volkmann ein paar unbequeme Fragen zu stellen.

Kommissar Steiner saß im Verhörraum und musterte den Verdächtigen. Dieses Bürschchen sollte der Täter sein? Ein aschfahles Gesicht mit dunklen Augenringen unter den geröteten Augen zeugte von schlaflosen Nächten. Seine Wangen wirkten eingefallen, die schmalen Lippen zusammengepresst. Die wilde Mähne hatte er im Nacken mit einem Gummi zusammengebunden. Steiner wusste, dass man einem Menschen seine Taten nicht ansah, doch dieser Marco Volkmann machte wahrhaftig nicht den Eindruck, als würde er reihenweise Frauen ermorden. Aber die Hinweise, die sie zu dem Verdächtigen geführt hatten, überzeugten ihn. Er kannte nachweislich vier der fünf Opfer. Vier Frauen die ansonsten nichts, aber auch gar nichts miteinander zu tun hatten. Folglich war er das Verbindungsglied. Es musste einfach so sein. Eine Sondereinheit arbeitete fieberhaft daran, auch Verbindungen zwischen dem fünften

Opfer, Eva Sander, und Marco Volkmann zu finden. Nun oblag es ihm, das Motiv aus dem Verdächtigen herauszukitzeln. Wenn seine DNA an den Tatorten nachgewiesen werden könnte, wäre der Fall auch ohne Geständnis abgeschlossen und Steiner würde pünktlich auf Tante Friedas Geburtstagsfeier erscheinen. Doch auf das Ergebnis der DNA-Analyse mussten sie wohl noch ein paar Tage warten. Nun hatte er achtundvierzig Stunden Zeit, Marco Volkmann in die Zange zu nehmen. Steiner ahnte, dass es ihm schwerfallen würde. Der Gedanke, dass dieser Junge ein Mörder sein sollte, fühlte sich falsch an. Mehr noch, er sorgte sich fast um diesen Marco, wie er da so zusammengesunken auf dem Stuhl hockte, als würde er gleich aus den Pantinen kippen. Das grelle Neonlicht beleuchtete jedes Detail des schmalen jungenhaften Gesichts. Nicht die kleinste Regung, die eine Lüge verraten könnte, würde ungesehen bleiben. Steiner war einer der besten Verhörstrategen. Es fiel ihm leicht, Vertrauen aufzubauen. Er konnte zuhören und er war ein exzellenter Beobachter. Aber vor allem hatte er Timing. Er stellte die richtigen Fragen im richtigen Moment. Und wenn er seinem Gegenüber dann in die Augen sah, wenn seine magischen blauen Augen den Verdächtigen förmlich durchbohrten, dann bekam er seine Antworten. Aber dieses Mal war sich Steiner über seine eigenen Gefühle im Unklaren. Sollte er ihn hart anpacken oder den netten Onkel spielen? Falls Marco nicht der Täter war, und die Trauer echt war, würde er dann Schaden an der Seele des jungen Mannes anrichten? Dieser arme Wicht hockte auf seinem Stuhl wie ein Häufchen Elend. Und doch hatte er etwas an sich, das merkwürdig war. War er doch der Täter? Oder beschlich ihn dieses dumme Gefühl nur wegen der altmodischen Lackschuhe?

„Kann ich Ihnen etwas anbieten? Eine Zigarette? Einen Kaffee vielleicht?", fragte er den jungen Mann. Marco blickte auf.

„Nein, danke", antwortete er kleinlaut.

Der Kommissar sah in ein gequältes Gesicht. Die rot unterlaufenen Augen verrieten ihm, dass der Mann geweint hatte.

„Sie haben doch nichts dagegen, wenn wir das Gespräch aufzeichnen?", fragte der Kommissar.

„Nein. Machen Sie nur", sagte Marco. Er klang resigniert, dabei hatte die Befragung noch nicht einmal angefangen. Steiner drückte die Aufnahmetaste eines Diktiergerätes, das in der Mitte des Tisches stand. Leise surrend bewegten sich die kleinen Spulen im Inneren der Magnetbandkassette.

„In der Wohnung von Sarina Siebert wurde ein Laptop sichergestellt. Unsere Techniker

fanden Chatprotokolle, aus denen hervorgeht, dass das Opfer am Tatabend mit Ihnen verabredet war. Können Sie das erklären?"
„Ich hatte Sarina im Internet kennengelernt. Wir haben eine ganze Weile gechattet und uns E-Mails geschickt. Zwischendurch haben wir auch telefoniert. Das ging ein paar Wochen. Dann beschlossen wir, uns zu treffen."
„Das wissen wir alles."
„Verstehen Sie doch, Herr Kommissar, ich mochte Sarina wirklich. An diesem Abend habe ich sie zum ersten Mal gesehen. Ich habe sie abgeholt. Wir sind Essen gegangen, in das kleine Restaurant „Zur Harzstube". Fast die ganze Zeit waren wir allein im Gastraum; ein Feuer prasselte im Kamin; Kerzen auf dem Tisch … alles war perfekt. Nach dem Essen saßen wir noch lange bei einem Glas Wein, haben geredet und gelacht. Anschließend habe ich sie nach Hause begleitet, aber ich bin nicht hineingegangen. Ich habe ihr nichts getan. Im Gegenteil. Ich hatte mich an diesem Abend in sie verliebt. Ich hätte ihr nie etwas antun können. Glauben Sie mir doch!" Steiner gab dem Verdächtigen Zeit, sich zu rechtfertigen, doch Marco brachte nichts anderes heraus, als immer wieder zu betonen: „Ich habe es nicht getan. Ich war es nicht. Ich hätte ihr doch nie etwas antun können." Alles abzustreiten ist auf jeden Fall eine gute Strategie, solange man ihm

nicht das Gegenteil beweisen kann, dachte Steiner. Mit Verzweiflung in der Stimme versuchte Marco den Kommissar zu überzeugen: „Glauben Sie mir doch, Herr Kommissar, ich habe Sarina geliebt."
„Haben Sie Lisa Gessner, Wera Sommer und Rita Burkhard auch geliebt?"
„Was? ... Wieso fragen Sie mich so einen Unsinn? Ich kenne keine ... Lisa wer?" Um Fassung ringend, saß Marco da und versuchte, das Ausmaß des Schlamassels zu erfassen, in den er da geraten war. Die Namen kamen ihm bekannt vor. Steiner sah ihm an, wie angestrengt er nachdachte und versuchte, die Namen, die er gerade gehört hatte, mit den passenden Erinnerungen zu verknüpfen. Der Kommissar legte Marco die Fotos der ermordeten Frauen vor. Marco wurde kreidebleich. Er kannte sie. Alle. Es dauerte lange, bis er seine Stimme wiederfand.
„Ich kenne diese Frauen", sagte er leise, „aber glauben Sie mir doch, ich habe nichts mit ihrem Tod zu tun."
Kommissar Steiner hatte den Verdächtigen ganz genau beobachtet, doch er konnte keines der Anzeichen in Mimik oder Gestik erkennen, aus denen man hätte schließen können, dass er log. Steiner war geneigt, ihm zu glauben, und wechselte das Thema. Vielleicht konnte er ihn anders packen.

„Was wissen Sie über Tarotkarten?" Steiner sah den Verdächtigen forschend an.

„Was?" Marco wirkte perplex. Mit dieser Frage hatte er nicht gerechnet.

„Sie haben richtig verstanden. Was wissen Sie über Tarotkarten?"

Marco schien zu überlegen. Dann sagte er: „Meine kleine Schwester hat sich mal dafür interessiert und mich eine Zeit lang damit genervt. Die Karten können mehrere Bedeutungen haben. Soweit ich das verstanden habe, sind die Bilder bei den verschiedenen Tarotdecks so gestaltet, dass man intuitiv auf die Bedeutung schließen kann. Aber fragen Sie mich jetzt nicht nach der Bedeutung der einzelnen Karten, da kenne ich mich nicht aus. Da sollten Sie vielleicht einen Wahrsager fragen."

„Verschiedene Tarotdecks?"

„Einen Satz Karten nennt man Deck; und von diesen Decks gibt eine unglaubliche Vielfalt. Meine Schwester war erst zufrieden, als sie einige der schönsten Decks zu Hause hatte."

„Sie hatten also Zugang zu Tarotkarten", stellte Steiner fest.

„Zugang zu Tarotkarten ... wer hat den nicht? Heutzutage können Sie doch alles über das Internet bestellen. Wenn Sie mit Zugang meinen, ich könnte von meiner Schwester Tarotkarten entwenden, dann sind Sie aber schief gewickelt. Die passt auf ihr Zeug auf wie ein Schießhund und sie würde mir die Hölle heiß machen, wenn ich mich an ihren Sachen vergreife. Außerdem hab ich mit Tarot nichts am Hut. Oder glauben Sie an diesen Humbug?" Marco verschränkte die Arme vor der Brust und starrte unverwandt geradeaus. Das bedeutete Abwehr und er wirkte nun in der Tat ein wenig trotzig. Steiner wusste, dass Marco die Wahrheit sagte. Er fühlte sich auf den Schlips getreten und machte jetzt dicht. Eine Pause würde beiden gut tun.

„Nein, daran glaube ich ganz sicher nicht", gab der Kommissar zurück. „Obwohl das in unserem Beruf manchmal ganz hilfreich wäre, wenn es denn funktionieren würde." Steiner erhob sich. Er drückte die Stopptaste am Diktiergerät und wollte grade das Verhörzimmer verlassen, als von draußen eine Katze auf das Fensterbrett sprang. Sie setzte sich und starrte durch die Scheibe. Kommissar und Verdächtiger starrten zurück. Beide sahen überrascht aus.

„Das ist doch …", fing Steiner an. Weiter kam er nicht.

„… Sarinas Katze", vollendete Marco den Satz. Der Kommissar sah kurz zu Marco.

„Sarinas Katze?"

„Ja, sie heißt Cleo. An dem Tag, als ich Sarina abholte, saß sie auf einem der Zaunpfosten.

Wir blieben kurz stehen und streichelten sie, dabei erwähnte Sarina ihren Namen. Cleo."
Steiners Gedanken überschlugen sich. Marco wusste also, dass Sarina eine Katze hatte. Der Täter musste das auch gewusst haben. Wahrscheinlich hatte er deshalb die Karte „Königin der Stäbe" für Sarina ausgesucht. Steiner sah wieder zum Fenster. Ungläubig beobachteten beide die Katze, die jetzt eine Vorderpfote erhoben hatte. Sie tippte damit gegen die Scheibe, als wollte sie „Hallo" sagen. Nun kratzte sie an der Scheibe. Wollte sie, dass ihr jemand das Fenster öffnete? Das konnten sie unmöglich tun, schließlich war das hier ein Verhörraum und keine Tierpension. Doch die Katze am Fenster benahm sich immer merkwürdiger. Nun begann sie, wie wild mit dem Kopf zu wackeln, in alle Richtungen. So ein seltsames Verhalten hatte Steiner noch nie bei einer Katze beobachtet. Nach einer Weile hörte die Katze auf, ihren Kopf zu schütteln, sprang vom Fensterbrett hinunter und verschwand so plötzlich, wie sie gekommen war. Einige Sekunden starrten Kommissar und Verdächtiger noch auf das Fenster, als hätten sie einen Geist gesehen.
„Ich hätte da noch eine Frage. Mir sind Ihre Lackschuhe aufgefallen. Ich wusste gar nicht, dass man so etwas heute trägt."
„Trägt man auch nicht. Die habe ich extra für

das Rendezvous mit Sarina gekauft. Meine Großmutter sagte immer: Wenn man mit geputzten Schuhen zum Stelldichein geht, hat man schon halb gewonnen. Mit den ausgetretenen Latschen, die ich zu Hause hab, hätte ich bei Sarina sicher keinen Blumentopf gewonnen. Außerdem putze ich auch nicht gern Schuhe. Also hab ich mir die Lackschuhe gekauft. Die glänzen immer."

„Das muss ich mir merken", sagte der Kommissar und verließ grinsend das Verhörzimmer. Dass Marco Volkmann Sarinas Katze kannte, trug nicht gerade zu seiner Entlastung bei. Doch das behielt der Kommissar vorerst für sich.

Als Steiner auf den Flur trat, hörte er bereits Paulas aufgebrachte Stimme. Sie kabbelte sich mal wieder mit Gunnar Brandt. Er war der Schönling des Reviers. Sein Lächeln, mit dem er ohne Weiteres für Zahnpasta hätte Reklame machen können, war so ziemlich das Einzige, was er vorweisen konnte. Gunnar war der Typ Schaumschläger, der sich überall in den Vordergrund spielte, fremde Lorbeeren einstrich und in den Fällen, mit denen er betraut war, allenfalls Zufallstreffer landete.

Steiner spürte, dass das nicht der Grund war, weshalb sich Paula auf ihn eingeschossen hatte. Das war kein normaler Zoff unter Kollegen. Irgendetwas hatte Kollege Brandt an sich, weshalb Paula ihn regelmäßig aufs Korn nahm. Steiner kannte Paula besser als alle anderen. Sie war lange nicht so schlimm, wie es zu Beginn ihrer Zusammenarbeit den Anschein hatte. Im Gegenteil, sie konnte richtig nett sein. Aus ihrer Personalakte hatte er erfahren, dass sie im Alter von zwölf Jahren zu Pflegeeltern kam. War ihr in ihrer Kindheit etwas zugestoßen, dass bis heute nachwirkte und ihr Handeln unbewusst beeinflusste? Erinnerte Gunnar Brandt sie an jemanden aus ihrer Vergangenheit? Steiner wusste, dass er demjenigen nicht mal ähnlich sehen musste. Manchmal reichte schon eine kleine Geste, um Erinnerungen wachzurufen; vielleicht die Art, wie er sich mit der Hand durch die Haare fuhr, oder ein Augenaufschlag und schon war Paula auf hundertachtzig. Er musste mit ihr reden. Aber nicht heute. Steiner näherte sich langsam der Bürotür, hinter der der Streit tobte, und lauschte. Allem Anschein nach musste Gunnar Brandt wohl eine abschätzige Bemerkung über ihn, den Chef, gemacht haben, woraufhin *seine* Paula ihn verteidigte wie eine Wölfin ihre Jungen. Steiner lächelte, als er das Zimmer betrat. Der Streit verebbte augenblicklich.

## 15. Kapitel

Vom Polizeirevier aus war ich zu meiner wilden Freundin Mia gelaufen. Ich hoffte, dass ich sie in ihrem Kellerappartement antreffen würde. Als ich das alte Haus im Friedhofsweg erreichte, spähte ich vorsichtig zum Kellerfenster hinein. Ich hatte Glück. Mia hatte sich auf den Kartoffelsäcken ausgestreckt und hielt ihr Nachmittagsschläfchen. Als ich nach unten sprang, fuhr sie aus dem Schlaf hoch und hätte mir fast einen Satz heißer Ohren verpasst.
„Hast du mich erschreckt! Cleo! Verdammt noch mal. Aber schön, dich zu sehen. Sag, wie kommst du hierher? Ich hab munkeln hören, man habe dich ins Tierheim gebracht. Stimmt das?" Sie sprang von ihrer Schlafstatt und anstatt mich wie sonst mit einem Nasenstupser zu begrüßen, leckte sie mich ab, als wäre sie meine Mutter. Ich ließ ihre Freundschaftsbekundungen über mich ergehen. Dann strich ich mit der Pfote meinen Bart zurecht, setzte mich und erzählte ihr die Kurzfassung: von dem Tag, als ich Sarina fand; wie man mich ins Tierheim gebracht hatte und wie ich dort wieder ausgebüxt war. Ich erzählte von dem langen Weg nach Hause, von meiner

Begegnung mit dem Kommissar und von meiner Stippvisite im Polizeirevier. Ich sagte ihr auch, dass ich überzeugt davon sei, dass ich Sarinas Mörder finden könne. Als ich mit meinen Ausführungen fertig war, sah sie mich lange an. Ein verschmitzter Ausdruck lag in ihren sanften smaragdgrünen Augen.
„Du legst dich jetzt hin und erholst dich von den Strapazen und ich werde ... Ach, das siehst du, wenn du ausgeschlafen hast." Damit wandte sie sich ab, sprang zum Kellerfenster hinauf und verschwand. Ich machte es mir auf den Kartoffelsäcken gemütlich. Ich sah mich um. Es sah hier zwar noch genauso aus wie bei meinem ersten Besuch, aber irgendwie fand ich es gar nicht mehr so schlimm. Ich streckte mich, dann rollte ich mich ein und war von jetzt auf gleich eingeschlafen.

„Wie war es auf dem Polizeirevier?" Die Frage riss mich aus dem Schlaf. Als ich die Augen aufschlug, starrten mich acht Katzenaugen an. Im ersten Moment war ich so verblüfft, dass sich mein Fell sträubte. Mit angelegten Ohren sah ich mich um. Als ich meine alten Freunde erkannte, glättete sich mein Fell augenblicklich. Ich sah verdutzt in die Runde. Meine Freunde saßen um mich herum und schauten mich erwartungsvoll an. Gleich neben Mia hockte der alte Kampfkater Rambo, der mit seinem ausgefransten Ohr und der abgeknickten Schwanzspitze aussah, als wäre er einem üblen Katzen-Comik entstiegen. Doch jetzt klebte nicht wie sonst immer dieser Flohzirkus Bobby, der Kläffer der Lehmanns, an ihm, jedenfalls nicht direkt. Bobby hatte sich nicht getraut, in den Keller hinunterzuspringen. Schließlich war er ja keine Katze. Nun lag er vorm Kellerfenster in der Blumenrabatte. Von hier unten sah man nur die graue Schnauze mit der Hundenase zum Fenster hereinragen. Merkwürdiger Kläffer! Aber er schien ganz in Ordnung zu sein, zumindest was den Umgang mit uns Katzen betraf. Neben Rambo saßen Speedy und Flunky, alte Bekannte von Mia. Schon im letzten Jahr hatten sie uns tatkräftig unterstützt. Der nebelgrau getigerte Speedy war ein Streuner und, wie sein Name vermuten ließ, der mit Abstand schnellste Kater unseres Viertels. Wenn er es eilig hatte, sah man nur noch eine Staubwolke. Flunky — oder auch „der flunkernde Flunky", wie ihn manche von uns nannten — war nicht annähernd so schnell. Sein Talent lag eher im künstlerischen Bereich. Er hatte im letzten Jahr mit einer schauspielerischen Darbietung geglänzt, die ihm am Ende sogar ein neues Zuhause beschert hatte. Ein kleines sommersprossiges Mädchen mit blonden geflochtenen Zöpfen hatte sich auf dem Spielplatz in den herrenlosen Flunky verliebt. Nun wohnte er bei ihr und ihren Eltern und ich glaubte, er war sehr glücklich dort. Ich mochte diesen vorwitzigen weißen Kater mit dem schwarzen Fleck über dem linken Auge. Er war immer gut gelaunt, und wenn es darum ging, dummes Zeug zu machen, war er immer der Erste. Zusammen mit meiner Freundin Mia, der Supermama des Reviers, und mir als Detektivkatze waren wir schon ein komischer Haufen.

„Schön, dass ihr da seid." Ich war ganz gerührt, meine Freunde nach so langer Zeit wiederzusehen. „Ich hab dir doch versprochen, dass wir wieder dabei sind, wenn du versuchst, den Mörder zu finden", meinte Rambo.

„Genau", mauzte Speedy, „aber nun spann uns nicht länger auf die Folter. Was war denn nun los beim Polizeirevier?"

„Ich glaube, es war sinnlos, dorthin zu laufen. Sie halten Sarinas Freund fest und sie verdächtigen ihn. Ich habe versucht, ihnen begreiflich zu machen, dass sie den Falschen haben, doch das ist gar nicht so einfach. Ich hatte mich erinnert, dass die Langbeiner mit dem Kopf schütteln, wenn sie Nein sagen. Ich wollte auch

Nein sagen: ‚Nein, das ist der Falsche!' Also habe ich heftig mit dem Kopf geschüttelt, vorsorglich in alle Richtungen. Aber die Langbeiner haben natürlich nicht kapiert, was ich wollte. Sie haben mich nur angestarrt, als würden sie ein Gespenst sehen. Als ich merkte, dass es zwecklos war, habe ich mich davongemacht. Wir müssen uns was anderes einfallen lassen." Nachdenklich starrte ich auf meine Vorderpfoten.

„Am besten wäre es, wir finden selbst raus, wer der Mörder ist, und versuchen dann, der Polizei irgendwie begreiflich zu machen, wer es ist. Ich habe zwar noch nicht die leiseste Ahnung, wie wir das anstellen sollen, aber darüber denken wir nach, wenn es so weit ist. Einen Schritt nach dem anderen. Zuerst müssen wir den Mörder finden."

„Das ist ja schön und gut, aber wie willst du das anstellen? Wie willst du den Mörder denn finden?", fragte Mia und die Frage war berechtigt.

„Der Geruch! Wir müssen nur den Geruch finden! Als ich Sarina fand, lag ein merkwürdiger Geruch in der Luft. Es war eine Mischung aus verschiedenen Duftnoten. Wenn wir diesen eigenartigen Geruch finden, haben wir den Mörder." Ich beschrieb meinen Freunden, auf welche spezifische Geruchsmischung sie achten sollten: rauchige

Vanille, fauliges Obst, Schweiß und billiges Rasierwasser — alles in allem eine üble Mischung. Wir waren uns einig, dass der Täter ein Mann sein musste — schon allein wegen des Rasierwassers. Falls einer meiner Freunde diese verdächtige Geruchsmischung an einem Mann erschnüffeln sollte, würde er dem Verdächtigen unauffällig bis zu dessen Haus folgen. Dann sollten sie mich verständigen und ich würde den ultimativen Gedächtnisgeruchsvergleich vornehmen.

„Sind wir jetzt richtige Schnüffler?" Speedys Frage überraschte mich. Auf diese Idee, dass wir nun alle Schnüffler waren, war ich noch gar nicht gekommen. Aber Speedy hatte recht, ich hatte diesen Begriff schon mal gehört, in der Flimmerkiste, wo ich mit meinem Frauchen abends immer diese bewegten Bilder angesehen hatte. Detektive nannte man auch Schnüffler. Vielleicht benutzten die Langbeiner ja doch manchmal ihre große Nase?

„Wir erschnüffeln den Täter. Du hast recht, Speedy, wir sind richtige, waschechte Schnüffler, Detektive der Straße", verkündete ich heroisch. Speedy strahlte. Auch die anderen schnurrten zufrieden.

Gleich am nächsten Morgen bekam jeder seinen Schnüffelstandort zugewiesen. Wir schwärmten aus und bezogen unsere Schnupperpositionen. Was dann kam, waren Füße. Viele Füße, die an uns vorbeieilten. Die verschiedensten Gerüche kreuzten unsere Schnupperstandorte. Verschwitzte Turnschuhe, die an eine ganze Käsefabrik erinnerten; Stöckelschuhe, die Parfumwolken hinter sich herzogen; polierte Managerschuhe, die so glänzten, dass man keinen üblen Geruch erwarten würde. Um so mehr schockte dann eine Knoblauchfahne und drehte einem fast den Magen um. Bei manchen erschnüffelte man den Alkohol zehn Meilen gegen den Wind und wieder andere waren von blauen Wolken umhüllt, die nach Tabak rochen.

Rambo und sein Schatten Bobby hatten unsere kleine Ladenstraße im Stadtzentrum übernommen. Eine Vielzahl von Gerüchen stürmte dort auf sie ein. Da war es gut, dass Rambo den Kläffer an seiner Seite hatte. Bobbys Supernase konnte dort sehr hilfreich sein und in der fremden Umgebung würden sie sich gegenseitig beschützen, je nachdem, in welche Gefahr sie gerieten. Während Rambo unauffällig in einem Hauseingang saß und den vorbeieilenden Passanten hinterherschnüffelte, lief Bobby die Straße mal hinunter, dann wieder hinauf und hielt seine Nase an jedes Hosenbein, das ihm über den Weg lief. Es herrschte dort ein reges Treiben: Autos fuhren in mäßigem Tempo vorbei; zwei Männer in Anzügen trafen sich und redeten miteinander; zwei kleine Jungen kickten auf dem gegenüberliegenden Bürgersteig lachend eine leere Bierdose vor sich her; eine Frau mit einem Pudel an der Leine schlenderte an den Schaufenstern vorüber; der Gemüsehändler lud Kisten von einem Transporter ab und schleppte sie durch die offen stehende Tür in seinen Laden. Ein paar Schulkinder kamen lachend und scherzend an ihnen vorbei. Ihre schweren Schultaschen hatten sie sich auf den Rücken geschnallt. An der Ecke standen zwei ältere Damen. Mit vollen Einkaufstaschen in der Hand tratschten sie lauthals über Gott und die Welt und ließen sämtliche Passanten bereitwillig an ihren hochprivaten Angelegenheiten teilhaben.

Speedy übernahm den weitläufigen Park. Er war flink genug, dieses riesige Areal allein zu überwachen, sprintete von einem Parkbesucher zum nächsten und schnüffelte. Am einfachsten hatte er es bei den Rentnern, die waren nicht so flink. Sie saßen miteinander plaudernd auf den Bänken oder fütterten die Enten, die in dem kleinen Teich herumschwammen. Schwieriger war es da schon, den

Joggern aufzulauern und eine Nase voll von ihrem Duft einzusaugen, wenn sie an ihm vorbeirannten.

Flunky kümmerte sich indes um den Spielplatz. Sein kleines Frauchen traf sich dort nach der Schule oft mit ihren Freunden. Sie würde sich freuen, auch ihren Kater dort zu treffen. Flunky hatte den schlechtesten Standort erwischt. Zum Spielplatz kamen fast ausschließlich Kinder. Die Kleineren waren in Begleitung ihrer Mütter. Aber sie suchten ja einen Mann und Männer waren auf dem Spielplatz so selten anzutreffen wie ein Außerirdischer in der U-Bahn. Vielleicht war gerade das der Grund, weshalb der Mörder dort auftauchen könnte: Jede Menge Mütter! Irgendwo musste er ja seine Opfer finden.

Mia hatte die Friedhofsgegend übernommen. Das war nicht weit weg von ihrem Kellerverlies. Viel war da nicht los. So konnte sie sowohl den Friedhofsweg überwachen, der parallel zur Parkstraße verlief, als auch die Gärten der Häuser, die an die Parkstraße grenzten.

Ich übernahm die Parkstraße. Hier waren alle Morde passiert, von denen wir wussten, und die Wahrscheinlichkeit, auf den Mörder zu treffen, war hier am größten.

Den ganzen Tag schnüffelten wir den Langbeinern hinterher, aber diesen spezifischen Geruch, diese Mischung, die wir suchten, fanden wir nicht. Nur eine einzige verdächtige Geruchsmischung hatte Rambos Weg gekreuzt. Am späten Nachmittag kam Bobby die Parkstraße entlanggesaust und ich sah schon von Weitem, wie er nach mir Ausschau hielt. Ich sprang von dem Zaunpfosten herunter, von dem aus ich die Straße beobachtet hatte, und lief ihm entgegen. Nachdem er mir atemlos berichtet hatte, dass sie einen Verdächtigen ausgemacht hätten, drehte er sich um und rannte zur Ladenstraße zurück. Ich hastete hinter ihm her. Für einen Moment amüsierte mich der Gedanke, dass es so aussah, als würde ich den Kläffer vor mir herjagen. Der Verdächtige war der Obsthändler. Sie mussten ihn auch nicht bis nach Hause verfolgen, denn er wohnte direkt über seinem Laden. Als wir am Obstladen ankamen, stand die Ladentür sperrangelweit offen. Ich passte einen geeigneten Moment ab, schlich ungesehen hinein und hielt die Nase in die Luft. Doch in dem Laden roch es so intensiv nach Gemüse und Obst, dass ich den Geruch des Typen hinter der Ladentheke nicht ausmachen konnte. Wir mussten ihn irgendwie aus dem Laden locken. Ich passte einen unbeobachte-

ten Moment ab und schlich wieder hinaus. Rambo und Bobby warteten draußen gespannt auf mein Urteil. Als ich sagte, dass wir den Obsthändler aus dem Laden kriegen müssten, hatte Bobby sofort eine Idee. Wir besprachen uns kurz, dann nahm ich meine Schnupperposition neben der Tür ein. Daraufhin spazierte Bobby in den Laden, bellte den Obsthändler an, hob sein Beinchen und pieselte an eine Obstkiste, die neben der Ladentheke stand. Dem Obsthändler fielen fast die Augen raus. Mit offenem Mund starrte er fassungslos auf den Hund. Dann schnappte er sich einen Besen, der in der Ecke an einem Regal lehnte, und jagte damit den Hund wutschnaubend aus dem Laden, indem er den Besen wie eine Lanze vor sich her schwenkte. Als er hinter Bobby her auf die Straße gerannt kam, wartete ich neben der Eingangstür und sog eine Nase voll von seinem Duft ein. Er roch nach überreifem Obst, nach Schweiß und billigem Rasierwasser. Nur die Note der rauchigen Vanille fehlte. Das war in der Tat sehr nah dran, aber eben nicht identisch. Aus sicherer Entfernung beobachteten wir, wie der arme Obsthändler, der so unschuldig in unser Visier geraten war, mit Wischeimer und Lappen die Pfütze in seinem Laden beseitigte.
Als sich die Straßen unseres Viertels langsam leerten und die Langbeiner nach und nach in

ihren Häusern verschwanden, hatte es keinen Zweck mehr, zu warten, ob sich irgendwann noch einer draußen blicken lassen würde. Wir beschlossen, die weitere Suche auf morgen zu vertagen. Also traten wir den Heimweg an. Auch ich machte mich auf den Weg nach Hause. Ich wollte nachsehen, ob die Katzenklappe offen war. Falls nicht, konnte ich bei meiner Freundin Mia unterkommen. Mein Magen meldete sich und ich beschloss, den Weg durch die Gärten zu nehmen und unter den Sträuchern nachzusehen, ob ich nicht eine Maus erwischen könnte. Es war mein Revier und ich kannte hier jeden Baum, jeden Strauch, sämtliche Zaunlücken und natürlich jedes Mauseloch. Ich vermied es, auf raschelndes Laub zu treten, und folgte lautlos meinem Pfad. Die Nacht war vollends hereingebrochen. In einem kleinen Gartenteich spiegelte sich der Mond. Die Luft war klar und kalt. Ich kauerte in der Nähe eines Mauselochs und wartete darauf, dass einer der kleinen Bewohner die neugierige Nase aus dem Bau strecken würde. Aber plötzlich sah ich am anderen Ende des Gartens etwas Anderes, Unerwartetes. Ein Langbeiner schlich durch die Büsche. Merkwürdig. Wieso schleicht der wie eine Katze? Die große dunkle Gestalt duckte sich jetzt hinter die Büsche, als ob sie nicht gesehen werden wollte. Was führte der im Schilde? Wieso versteckte er sich dort? Ich fand das sehr verdächtig und schlich mich näher heran. Der Wind stand günstig und wehte mir einen mittlerweile vertrauten Geruch in die Nase. Hatte ich mir das eingebildet? Ich schnupperte intensiv am Boden. Erde, Gras, nasses Laub, Regenwürmer. Ich roch sogar eine Maus, die kürzlich hier vorbeigekommen sein musste. Dann hielt ich meine Nase wieder in die Luft. Tatsächlich. Da war dieser eigentümliche Geruch. Rauchige Vanille, Schweiß, billiges Rasierwasser und faulige Äpfel. Das war eindeutig der Geruch, den wir gesucht hatten. Ich schnüffelte noch einmal. Ich konnte es nicht fassen, dass ich ihn gefunden hatte. Ich flehmte intensiv. Jetzt war ich mir ganz sicher. Aber was trieb dieser Typ hinter den Büschen? Ich legte mich lautlos ins Gras, das unter dem Strauch nur spärlich wuchs, und beobachtete den mutmaßlichen Mörder.

Er spähte angespannt in eine Richtung. Was interessierte ihn dort drüben? Wie lange war er schon hier? Hatte ich etwas verpasst, äh ... was auch immer? Doch plötzlich ging in dem Haus gegenüber das Licht an. Eine Frau in mittleren Jahren ging durch das beleuchtete Zimmer und schaltete die Flimmerkiste ein. Dann trat sie ans Fenster und ihr Beobachter ging hinter dem Busch vorsichtshalber noch tiefer in die Hocke. Die Frau zog die Vorhänge zu. Zögernd erhob sich der Verdächtige und stand eine Weile unschlüssig da. Dann wandte er sich zum Gehen. Er durchquerte die Gärten geschmeidiger, als ich es ihm zugetraut hätte. Fast katzengleich. Jetzt musste ich dranbleiben. Mit ein wenig Glück würde er mich zu seiner Unterkunft führen.

Ich schlich ihm hinterher, immer darauf bedacht, in Deckung zu bleiben. In dem Bemühen, nicht gesehen zu werden, trat ich auf einen kleinen Zweig. Das leise Knacken dröhnte wie Donnerhall in meinen Ohren. Der Verdächtige hatte es anscheinend auch gehört. Er blieb stehen und sah sich um. Regungslos lauschte er in die Stille. Der Wind hatte aufgefrischt und rauschte in den Bäumen. Unter einem Busch ganz in meiner Nähe raschelte es im Laub. Angestrengt spähte der Mörder in meine Richtung und versuchte, die Ursache des Knackens und Raschelns zu entdecken. Oder konnte er das Trommeln meines Herzens hören? Es pochte wie wild in meiner Brust. Zu meiner großen Erleichterung lief kurz darauf ein Igel über die Wiese. Die finstere Gestalt atmete hörbar auf und ging weiter. Um nicht gesehen zu werden, lief ich einen großen Bogen und beeilte mich entsprechend, um ihn nicht aus den Augen zu verlieren. Als ich den Friedhofsweg erreichte,

sah ich, wie er auf eines der Häuser zusteuerte, ganz in der Nähe von Mias Keller. Der Friedhofsweg war von Gebüschen gesäumt — wilde Rosen, die jetzt leuchtend rote Hagebutten trugen. Ich verbarg mich hinter den Büschen und beobachtete, wie die dunkle Gestalt einen Vorgarten durchquerte, wie sie die Schuhe auszog und sorgsam auf dem Abtreter abstellte. Er schloss die Tür auf und ging hinein, ohne das Licht anzuschalten.
„Hier wohnst du also! Hab ich dich!", sagte ich leise. Aber wie sollte ich jetzt weiter machen? Ich setzte mich und dachte nach.
Solange der Typ zu Hause war, konnte ich nichts machen. Ich würde morgen früh wiederkommen und versuchen, ins Haus zu gelangen. Ich musste an Beweise kommen, die ich dann irgendwie dem Kommissar zuspielen wollte. Ich wusste weder, wie ich das anstellen sollte, noch, ob es der Kommissar überhaupt verstehen würde, aber einen anderen Plan hatte ich nicht. Falls das überhaupt ein Plan war.
Mias Kellerwohnung war nur zwei Häuser entfernt. Als ich durch das Kellerfenster nach unten spähte, hätte ich die graugetigerte Katze fast übersehen. Doch Mia musste in dem Moment erwacht sein. Sie hob den Kopf und ihre Ohren fuhren senkrecht in die Höhe. Ich sprang auf eine Kiste und ließ mich dann

neben Mia auf den Kartoffelsäcken nieder. Sie schnüffelte kurz an mir, bevor sie mein Ohr ableckte. „Ich hab ihn", sagte ich leise. „Wie, Du hast ihn? Du hast ihn gefunden?" Mia war auf einmal hellwach. „Ich weiß, wo er wohnt", verkündete ich stolz. „Na ein Glück! Ich dachte schon, wir würden das nächste halbe Jahr mit schnüffeln verbringen. Aber erzähl, wie hast Du ihn gefunden?" Ich berichtete davon, wie mir auf dem Heimweg der fragliche Duft in die Nase wehte, wie der mutmaßliche Täter ein Haus ausspionierte und wie er mich schließlich zu seinem Unterschlupf führte. Ich hatte das ungute Gefühl, dass der Mörder wieder etwas plante, sonst würde er wohl kaum nachts durch die Büsche schleichen. Wenn wir einen weiteren Mord verhindern wollten, mussten wir handeln. Mia hatte nun die wichtige Aufgabe, die anderen darüber zu informieren, dass sie aufhören konnten, zu schnüffeln. Währenddessen wollte ich mich in die Höhle des Löwen begeben. Ich ahnte, dass Mia versuchen würde, mir das auszureden. Ich kannte sie. Sie machte sich zu viele Sorgen. Aber von meinem Plan würde sie mich nicht abhalten können. Schließlich hatte ich noch eine Rechnung mit diesem Monster offen.

**16. Kapitel**

Gleich am nächsten Morgen stand ich vor dem Haus des Verdächtigen. Ich hatte es mir in den Kopf gesetzt, mich dort umzusehen, vielleicht würde ich ja etwas Belastendes finden. Irgendwie musste ich an Beweise gelangen. Zunächst inspizierte ich die Umgebung. Eine hohe Hecke umschloss das Grundstück. An der Vorderseite des Hauses führte ein gepflasterter Weg zur Eingangstür, der zu beiden Seiten von Blumenrabatten begrenzt wurde, in denen gelbe Herbstastern blühten. Ich ging um das Haus herum in Richtung Garten. Es war einer dieser pingelig gepflegten Gärten, das Gras sah wie ein Teppich aus und war nicht mehr als zwei Zentimeter hoch; kein einziges Gänseblümchen war hier zu finden. Die Terrasse war leer, die Gartenmöbel anscheinend schon für den Winter in dem kleinen Schuppen verstaut, der im hinteren Teil des Gartens stand — falls dieser Typ überhaupt Gartenmöbel besaß. Das Haus war eher klein und man sah ihm sein Alter an. An einigen Stellen war der graue Rauputz abgebröckelt. Die offenen Fensterläden klapperten leise, wenn sie vom Wind gegen die Hauswand gedrückt wurden. Zu meiner großen Freude stand eines der Fenster offen. Es war das kleinste und erinnerte mich an unser Badezimmerfenster. Direkt daneben stand ein Apfelbaum. Besser kann es gar nicht sein, dachte ich. Ich sprang am Stamm nach oben und kletterte auf eine Astgabel. Dann robbte ich vorsichtig auf dem Ast entlang, der fast bis zum Fenster reichte. Ich spähte hinein. Es war tatsächlich ein Badezimmer. Weiß gefliest, sehr ordentlich und menschenleer. Eigentlich nichts einfacher, als jetzt durchs Fenster einzusteigen. Es gab nur ein winzig kleines Problem: Die Badezimmertür war geschlossen, und so weit ich das von hier aus sehen konnte, gab es dort kein geeignetes Versteck. In dem weiß gefliesten Raum würde eine schwarzbunte Katze jedem sofort ins Auge stechen, der die Tür öffnete. Vorsichtig zog ich mich wieder zurück. Als ich die Astgabel erreicht hatte, ging die Tür auf. Ich duckte mich, machte mich ganz klein und hoffte, dass er mich nicht entdeckte. Der Verdächtige kam herein, ging auf das Fenster zu und verriegelte es. Es war das erste Mal, dass ich sein Gesicht sah. Er hatte eines dieser Nullachtfünfzehn-Gesichter, denen man begegnete, die man aber gleich wieder vergaß. Nichts an ihm war außergewöhnlich. Er war mittelgroß, mittelalt, mittelblond und sah auch sonst mittelmäßig aus. Und trotzdem kam er mir bekannt vor. Irgendwo hatte ich den schon mal gesehen. Bloß wo? Ich überlegte scharf, aber es wollte mir partout nicht einfallen.

Der Typ verließ das Bad wieder, dieses Mal ließ er die Tür etwas offen. Wenig später hörte ich, wie die Haustür ins Schloss fiel, und sah, wie diese zwielichtige Gestalt die Straße entlangeilte, die an den Garten grenzte. Moment mal, so hatte ich den schon mal die Straße entlang laufen sehen. Plötzlich blitzte die Erinnerung auf wie ein Leuchtfeuer. Ich wusste jetzt, wo ich diesen Kerl schon mal gesehen hatte. An dem Abend, als Sarina mit ihrem Verehrer vor dem Zaunpfosten stand, auf dem ich saß, hatte dieser Typ meine Sarina fast umgerannt. Sarina hatte ihn kurz angesehen. War das der Grund, warum sie sterben musste? Weil sie den Mörder gesehen hatte? Ich spürte, wie sich die Wut in meinem Bauch so sehr zusammenballte, dass sich meine Nackenhaare aufstellten. Was genau hatte ich damals gesehen? Er war wie aus dem Nichts aufgetaucht. Er musste also aus einem der Häuser in unserer Straße gekommen sein. Wieso durfte ihn niemand sehen oder sich an ihn erinnern? Gab es noch ein weiteres Opfer, das bisher noch nicht gefunden wurde? Das mussten wir unbedingt überprüfen. Aber später. Ich durfte jetzt meine Chance nicht vertun, irgendwie ins Haus zu gelangen. Ich besah mir noch mal das kleine, alte Fenster. Es schien so, als ob es sogar der Wind schaffen könnte, es aufzudrücken. Ich balancierte wieder auf dem Ast entlang, der fast bis zum Fenster reichte. Dann sprang ich aufs Fensterbrett hinüber. Ich lehnte mich mit meinem ganzen Gewicht gegen das klapprige alte Fenster und spürte, wie es sich ein klein wenig bewegte. Ich drückte noch mal dagegen und noch mal. Nach dem fünften oder sechsten Mal gab das Fenster nach und schwang auf. Geschafft. Ich sprang nach unten und sah mich kurz im Badezimmer um. Der Eindruck, den ich draußen gehabt hatte, bestätigte sich. Alles war aufgeräumt, nichts lag herum und es roch penetrant nach Putzmitteln. Hier würde ich sicher keine Beweise finden. Ich durchquerte das Bad und lugte in den kleinen, schmalen Flur. Alle anderen Türen waren angelehnt, also keine große Sache, mal einen Blick in die Zimmer zu werfen.

Die erste Tür vorn führte in die Küche. Rechts sah ich eine Küchenzeile und gegenüber ein Fenster, dessen Vorhänge zugezogen waren. Altmodische, geblümte Vorhänge. Auf der linken Seite standen ein kleiner Esstisch und zwei Stühle. Eine Zeitung lag auf dem Tisch. Auch hier war alles penibel aufgeräumt und es roch nach Bohnerwachs. Gegenüber der Küche war das Wohnzimmer. Ein abgewetzter, in dunklen Farben gemusterter Teppich, der auf sorgfältig gebohnerten Dielen in der Mitte des Zimmers lag, ein Sofa, zwei Sessel und ein niedriger Tisch. An einer Wand stand ein altes Büfett, zu dem der moderne Fernseher, der daneben auf einem kleinen Schränkchen stand, überhaupt nicht passte. An der Wand gegenüber befanden sich ein großes Fenster und die Terrassentür. Die Einrichtung sah alt und zusammengewürfelt aus. Aber auch hier war alles aufgeräumt und es roch nach Putzmitteln. Hier schien ein ordnungsfanatischer Putzteufel zu wohnen.

Hinter der letzten Tür, gegenüber dem Bad, befand sich das Schlafzimmer. Auch hier waren die Vorhänge zugezogen. Das spärliche Licht fiel auf ein Doppelbett, die Bettdecke militärisch glattgezogen, ohne eine einzige Falte; gestärkte Laken; Nachttische auf beiden Seiten des Bettes, jedoch nur auf der rechten Seite eine Nachttischlampe. Ein großer Kleiderschrank ragte fast bis zur Zimmerdecke hinauf und dunkelblau gestreifte Läufer lagen um das Bett herum.

Nachdem ich alles in Augenschein genommen hatte, überlegte ich, wo ich mit der Suche nach Beweisen beginnen sollte. Mein Talent, Schranktüren zu öffnen, würde jetzt hilfreich sein. Der Kleiderschrank hatte drei Doppeltüren, in denen jeweils der Schlüssel steckte.

Türen mit Schlüsseln hatte ich noch nie aufbekommen, das brauchte ich gar nicht erst zu versuchen. Bei den Nachttischen sah das schon anders aus. Sie hatten jeweils zwei Schubladen. Schubladen waren meine Spezialität, die hatte ich schon in meiner Jugend öffnen können. Damals liebte ich es, mein Nachmittagsnickerchen in Sarinas Sockenschublade zu halten. Ich beschloss, meine Aufmerksamkeit jenem Nachttisch zu widmen, auf dem die kleine Lampe stand. Ich fasste mit den Pfoten den Griff und zog die oberste Schublade auf. Ich hatte sie erst einen Spaltbreit geöffnet, als mir schon etwas entgegenfunkelte. Volltreffer! Ich zog die Schublade ganz auf und fand ein Sammelsurium an unterschiedlichen Dingen: eine Kette mit einem funkelnden Anhänger aus Swarowski-Kristallen, die wohl eine Katze darstellen sollten, ein runder Taschenspiegel zum Aufklappen, ein Gürtel mit einer glänzenden Schnalle, ein Ring mit einem protzigen roten Stein, ein malvenfarbener Lippenstift und zwei kleine, strassbesetzte silberne Haarspangen — Sarinas Haarspangen! Das war der Beweis, nach dem ich gesucht hatte. Ich betrachtete sie und stellte fest, dass sich am Verschluss beider Spangen lange blonde Haare verfangen hatten. Der Täter musste sie unsanft aus Sarinas Haar gezogen haben. Schlagartig wurde mir klar, wie ich weiter vorgehen musste. Gut, dass der Mörder beide Spangen mitgenommen hatte. Da konnte ich eine hier lassen, damit man sie bei ihm fand. Durch das Haar am Verschluss würde man die Verbindung zu Sarina herstellen können. Und vielleicht hatten auch die anderen Souvenirs eine Geschichte zu erzählen, wenn man sie kriminaltechnisch untersuchte. Die zweite Spange würde ich zum Kommissar bringen. Er hatte zwar nicht begriffen, was mein Kopfschütteln bedeutete, als ich vor dem Fenster des Verhörraums saß, aber ganz blöd war er nicht. Er würde seine Schlüsse ziehen; und wenn er nicht vollkommen mit Blindheit geschlagen war, würde er auch das Haar bemerken. Dann musste es mir nur noch gelingen, den Kommissar hierherzulotsen. Ich bugsierte eine der Spangen vorsichtig mit den Pfoten nach oben bis über den Rand der Schublade und ließ sie auf den gestreiften Läufer plumpsen. Ich nahm sie vorsichtig zwischen die Zähne und wollte mich grade auf den Rückweg machen, als ich hörte, wie ein Schlüssel im Schloss gedreht wurde. Mist! Der Mörder kam zurück. Ich überlegte nicht lange, drückte mit den Pfoten gegen die Schublade, bis sie wieder zu war, und verkroch mich mit meiner Beute unter dem Bett.

Ich lauschte auf die Schritte des Mörders. Er schien sich jetzt in der Küche aufzuhalten. Ich hörte, wie er in einem Schrank kramte und wie die Schranktür geschlossen wurde. Dann wurde ein Hahn aufgedreht und Wasser plätscherte in die Spüle. Ich überlegte, ob ich die Gelegenheit für einen Sprint ins Badezimmer nutzen sollte oder ob es besser wäre, hier auszuharren, bis die Luft wieder rein war.

Ich verzog mich in die hinterste, dunkelste Ecke und hoffte inständig, dass er nicht nach der Haarspange suchen würde, die ich entwendet hatte, als draußen vorm Haus ein Katzenkonzert losbrach, dass einem die Ohren schlackerten. Ich vernahm ein Grummeln aus der Küche. Das Katzenkonzert wurde lauter, vielstimmiger. Ich hörte ein Fluchen, gefolgt von schlurfenden Schritten. Die Haustür wurde geöffnet und der Typ verschwand in den Vorgarten, wo er lautstark die dort versammelten Katzen verscheuchte. Ich nutzte die Gelegenheit, schnappte meine Beute, rannte ins Bad, sprang in das offene Fenster und von dort auf den Ast des Apfelbaums. Ich ließ alle Vorsicht beiseite, lief den Ast entlang, sprang am Stamm nach unten, sprintete über den kurz geschorenen Rasen und entschwand unter der Hecke hindurch in den Nachbargarten. Erst dort hielt ich inne und atmete kurz durch. Es schwante mir, dass das Katzenkonzert nicht zufällig stattgefunden hatte. Wenn mich nicht alles täuschte, war auch Mias Stimme unter den Sängern gewesen. Ich ahnte, dass das Katzenkonzert ein schlauer Schachzug meiner Freunde war, um den Verdächtigen aus dem Haus zu locken. Sie hatten richtig kalkuliert: der Verdächtige würde eher ein paar Katzen verjagen, als zu riskieren, dass sich die Aufmerksamkeit der Nachbarn auf sein Grundstück richtete. Ich beschloss, Mias Kellerwohnung aufzusuchen. Bestimmt würde ich dort mehr erfahren.

Als ich Mias Kellerverlies erreichte, fand ich dort meine Freunde in ausgelassener Stimmung vor. Mia, die gewusst hatte, wo ich war und was ich plante, hatte nicht nur die Schnupperaktion abgeblasen, sondern auch meine Freunde zusammengetrommelt. Sie beobachteten das Haus des Verdächtigen. Als sie sahen, dass er zurückkam, während ich mich noch im Haus aufhalten musste, hatten sie die Idee mit dem Katzenkonzert. Sie wollten ihn nach draußen locken, um mir die Flucht zu ermöglichen. Und obwohl es nicht abgesprochen war, hatte es funktioniert. Nun freuten sie sich über den gelungenen Coup. Ich war auch erleichtert, doch ihre ausgelassene Freude konnte ich nicht teilen. Ich legte Sarinas Haarspange in einer einigermaßen sauberen Ecke des Kellers ab und legte mich trübsinnig daneben.

„Ich weiß jetzt, warum mein Frauchen sterben musste", sagte ich traurig in das fröhliche Maunzen meiner Freunde hinein. Sie verstummten einer nach dem anderen und sahen mich an.

„Was sagst du da?", fragte Mia.

„Sie hatte den Mörder gesehen. Ich glaube, er hatte Angst, dass sie ihn verraten könnte. Sie musste sterben, weil sie eine Zeugin war. Er kam damals aus einem der Nachbarhäuser und ich befürchte, dass es dort noch ein Opfer geben könnte. Es wäre gut, wenn Bobby dort mal seine Nase in den Wind hält."

„Klar, kein Problem", meinte Rambo, „wir gehen gleich mal nachschauen. Äh ... welches Haus ist es denn?"

„Warte, mal nachdenken. Wir wohnten in der Nummer fünf. Als Sarina und ihr neuer Freund an mir vorbeigingen, saß ich auf einem Zaunpfosten des Nachbargrundstücks, also vor Nummer vier. Der Mörder muss aus einem

Haus gekommen sein, das ganz in der Nähe liegt, weil er so plötzlich auftauchte. Also entweder Nummer drei oder zwei." Rambo nickte kurz, dann sprang er zum Kellerfenster hinauf.

„Kommt wieder her, wenn ihr was entdeckt habt", rief ich ihm nach. Dann wandte ich mich an Mia: „Pass auf, wenn die zwei tatsächlich ein weiteres Opfer entdecken, dann müsst ihr dafür sorgen, dass die Langbeiner die Tote finden. Macht einen Aufstand vorm Haus. An dem Tag, als ich Sarina fand, war unsere Haustür nicht verschlossen, sondern nur angelehnt. Falls der Täter sie wieder offen gelassen hat, macht sie ganz auf. Eine offen stehende Haustür ist in diesen Tagen, wo sich alle verbarrikadieren, ein schlechtes Zeichen. Ich werde in der Zwischenzeit Sarinas Haarspange beim Kommissar abliefern."

## 17. Kapitel

Im Schlafzimmer des kleinen alten Hauses am Friedhofsweg herrschte Chaos. Nachdem der pedantische Ordnungsfanatiker festgestellt hatte, dass ein Stück seiner Sammlung fehlte, zog er die Schubladen seines Nachttisches heraus und drehte sie kurzerhand um. Nun kniete er auf dem dunkelblau gestreiften Läufer neben dem Bett und durchwühlte seine Schätze, die ausgebreitet vor ihm lagen. Doch er fand nur noch eine der silbernen Haarspangen, die zweite blieb verschwunden. Er hatte unter dem Bett getastet. Nichts. Er hatte mit einer Taschenlampe in die dunklen Ecken unter dem Bett gefunzelt. Nichts. Am Ende hatte er in einem Wutanfall die Decken, Kissen, Laken und Matratzen vom Bett gezerrt, doch die zweite Haarspange fand er nicht. Wie war das möglich? Er lebte hier allein, keine Menschenseele hatte Zugang zum Haus. Sie konnte gar nicht verschwinden und doch war sie weg. Sie konnte sich doch nicht in Luft auflösen! Hatte er die Haarspange unbewusst in die Tasche gesteckt? Er riss die Türen des Kleiderschranks auf und durchsuchte alle Sachen, die er in der letzten Zeit getragen

hatte. Doch so sehr er auch suchte, er fand die Haarspange nicht. Es war zum Verrücktwerden. Er vermutete, dass er sie tatsächlich in die Tasche gesteckt hatte. Er musste sie draußen verloren haben. Eine andere Erklärung hatte er nicht.
Eine Weile stand er da und betrachtete das Chaos, das er angerichtet hatte. Dann machte er sich ans Aufräumen. Er hängte seine Jacken wieder in den Schrank, ordnete die Betten, wie er es bei der Armee gelernt hatte, und sortierte sehr sorgfältig seine noch vorhandenen Schätze, die Tarotkarten und die Auswahl an Messern in die Schubladen des Nachttisches. Dann machte er einen Rundgang durch die Wohnung. Konnte er sie hier irgendwo verloren haben? Die funkelnden Swarovski-Kristalle, mit denen die Haarspange verziert war, mussten doch auffallen. Aber ihm funkelte nirgends etwas entgegen. Die Haarspange blieb verschwunden. Dann ging er abermals ins Schlafzimmer und öffnete den Nachttisch. Seine Finger tasteten in der Schublade nach der Pappschachtel mit den Tarotkarten. Als er sie fand, zog er seine Handschuhe an, nahm er die Karten heraus und breitete sie auf dem Bett aus. Er wählte eines der Motive aus und steckte die Spielkarte in die Innentasche seiner Jacke. Die restlichen Karten packte er wieder in die

Schachtel, die er sorgsam im Nachttisch verstaute. Dann nahm er eines der Messer und schloss die Schublade wieder. Bevor er das Schlafzimmer verließ, warf er noch einen prüfenden Blick zurück. Alles war an seinem Platz. Alles bis auf diese vermaledeite Haarspange.

## 18. Kapitel

Sie waren so ein seltsames Paar, dass sich die wenigen Passanten, die in der Parkstraße unterwegs waren, nach ihnen umdrehten: das kleine grauweiße Schoßhündchen, das aussah wie ein Wollknäuel mit Ohren, und der riesige schwarze Kampfkater, der mit seiner abgeknickten Schwanzspitze und dem ausgefransten Ohr einen arg ramponierten Eindruck machte. Diese beiden hatten so viel gemeinsam wie ein Fahrrad und ein UFO. Und doch schienen sie ein gemeinsames Ziel zu verfolgen. Sie liefen nebeneinander her und hielten die Nasen in den Wind. Einer der Passanten ging auf die beiden zu.
„Was macht ihr denn hier? Seid ihr schon wieder ausgebüxt? Los, ab nach Hause mit euch!" Herr Lehmann zeigte in Richtung seines Hauses, aber die Vierbeiner machten keine Anstalten, ihm zu gehorchen. Im Gegenteil. Sie ließen Herrn Lehmann links liegen, als wäre er ein alter Regenschirm, für den sich bekanntlich weder Hunde noch Katzen interessierten. Sie hielten ihre Nasen in den Wind, schnupperten und schnüffelten und ließen sich anscheinend von irgendeinem

Geruch leiten, bis sie vor dem Haus Nummer zwei ankamen. Herr Lehmann hatte das Treiben seiner beiden Hausgenossen beobachtet und folgte ihnen. Als Bobby und der Kater nun vor der fremden Haustür standen, fiel Herrn Lehmann auf, dass auch diese Tür nur angelehnt war. Er ging darauf zu und noch während er den Vorgarten durchquerte, nahm auch er diesen Geruch wahr. Süßlich-penetrant. Ekelhaft. Er wusste genau, was das bedeutete. Es war der Geruch des Todes, den er zuletzt in aller Deutlichkeit vor dem Haus von Frau Sommer wahrgenommen hatte.

„Nicht schon wieder", sagte Herr Lehmann zu sich selbst. Er drückte gegen die Haustür. Sie schwang auf und er warf einen vorsichtigen Blick hinein. Dieses Mal war da keine Blutspur, doch am anderen Ende des Flurs sah er die Beine einer Frau aus dem Badezimmer ragen. Sie musste dort am Boden liegen. Ja genau, sie! Er kannte die Bewohner des Hauses zwar nicht, doch er war sicher, dass es sich bei dem Opfer um eine Frau handeln musste, denn an ihren Füßen trug sie rosafarbene Hausschuhe. Er griff in seine Jackentasche und holte sein Handy hervor. Die Nummer des Kommissariats hatte Herr Lehmann mittlerweile gespeichert.

**19. Kapitel**

Die kleine mollige Frau mit den rotbraunen Locken knallte die Autotür zu. Sie ging um den Wagen herum und öffnete den Kofferraum. Dann hielt sie inne und kramte aus ihrer Handtasche den Hausschlüssel hervor, bevor sie die Einkaufstaschen aus dem Auto hievte. Die Kofferklappe knallte sie noch lauter zu als die Autotür. Schwer bepackt, ging sie ins Haus. Den Mann, der sich im Gebüsch verbarg und sie belauerte, hatte sie nicht bemerkt.

Als das Auto vor dem Haus Nummer sieben anhielt, war er in seinem Versteck in die Hocke gegangen. Er sah zu, wie sie den Wagen umrundete und die Einkaufstaschen aus dem Kofferraum nahm. Er beobachtete sie nicht zum ersten Mal. Er hatte herausgefunden, dass sie allein lebte und wie sich ihr Tagesablauf gestaltete. Er wusste, wann sie abends nach Hause kam. Sie hatte keine Verabredungen und bekam nur wenig Besuch. Sie verbrachte ihre Abende allein vor dem Fernseher. Es war perfekt; es gab nichts, dass ihn stören würde. Nur noch ein paar Stunden und sie würde ihm gehören. Für immer. Er fühlte den kalten Stahl der Klinge und freute sich darauf, das Messer heute Nacht zu benutzen. Er hatte schon viele Frauen beobachtet. Viele wie diese. Doch für ihn war es immer wieder die Eine. Im Supermarkt saß sie an der Kasse, beim Bäcker stand sie hinter der Ladentheke, im Bistro schenkte sie ihm Kaffee ein. Sie lief in der Einkaufspassage vor ihm her. Sie war überall. Diese Eine, die er abgrundtief hasste; die er auslöschen musste. Immer und immer wieder.

Zum ersten Mal beobachtete er sie im Klassenzimmer. Damals war er sechzehn, ein Jahr älter als seine Klassenkameraden, denn er hatte eine Klassenstufe wiederholen müssen. Sie saß zwei Bankreihen neben ihm. Ihm gefielen ihre rotbraunen Locken und er mochte ihre Sommersprossen. Sie war nett — zumindest zu den anderen. Die Wölbungen unter ihrem Pullover lenkten ihn manches Mal vom Unterricht ab. Wenn das Fenster offen stand, konnte man daran ablesen, wie kalt es draußen war. Sie bemerkte seine bewundernden Blicke nicht. Seine zarten Annäherungsversuche, die ihn viel Überwindung gekostet hatten, ignorierte sie. Er fing an, sie heimlich zu verfolgen. Er wusste bald, wo sie wohnte, dass sie jeden Dienstagnachmittag Tennis spielen ging; mittwochs war sie beim Reiten; donnerstags hatte sie Klavierstunden. Er wusste, mit welchen Freundinnen sie sich traf und wohin sie gingen.

An einem heißen Julitag hatte er sie mal wieder mit dem Fahrrad verfolgt, in gebührendem Abstand natürlich. Sie war mit ihren Freundinnen zu einem See gefahren, der ein paar Kilometer außerhalb, zwischen Feldern und Wiesen lag. Er erinnerte sich noch genau an den Duft dieses Sommers. An das reife Korn, das im Sommerwind sanft hin und her wogte; an die Wildblumen, die am Feldrain wuchsen; sogar der Geruch des Grases war ihm noch im Gedächtnis, als er später unter einem Baum lag und die Mädchen beim Baden beobachtete.

Als sie sich allein auf den Heimweg machte, war seine Chance gekommen. Er schnappte sich sein Rad und trat in die Pedale, bis er sie eingeholt hatte. Ein verletztes Rehkitz habe er gefunden, log er. Arglos war sie ihm gefolgt, einen kleinen Feldweg entlang bis zum Waldrand.

Dort, in aller Abgeschiedenheit, gestand er ihr seine Liebe. Und sie fing an zu lachen. Sie lachte ihn aus und wollte gar nicht mehr aufhören. Ihr Lachen dröhnte in seinem Kopf. Noch nie hatte ihn jemand so sehr verletzt. Sie sollte still sein. Einfach nur still sein. Eine unbändige Wut überkam ihn. Er warf sich auf sie, packte ihren Kopf und schlug ihn mit voller Wucht auf einen Stein, wieder und wieder. Bis ihr Lachen in seinem Kopf verstummte.

Drei Tage später fand man sie. Ihr Mörder wurde nie gefasst.

## 20. Kapitel

Als ich das Polizeirevier erreichte, dämmerte es bereits. Ich stand im Blumenbeet und sah zu dem Fenster hinauf, hinter dem sich Kommissar Steiners Büro befand. Das Fenster war verschlossen, aber es brannte noch Licht. Ein gutes Zeichen. Ich fixierte das Fensterbrett und schätzte noch mal die Höhe, bevor mich meine Beine nach oben katapultierten.
Ich spähte durch die Scheibe. Das Zimmer wirkte genauso trostlos, wie es mir von meinem ersten Besuch im letzten Jahr in Erinnerung geblieben war. Der Kaktus, der am Fenster stand, trotzte immer noch der anhaltenden Trockenheit. Auf dem Fensterbrett lag sogar wieder eine tote Fliege und ich fragte mich, ob es noch dieselbe war. Diese Stubenfliegen sahen sich schon verdammt ähnlich. Sogar der Innenminister, dessen Bild die gegenüberliegende Wand zierte, schaute ebenso missmutig auf seine Beamten herab, wie er es damals getan hatte. Auf den Schreibtischen herrschte dasselbe Chaos. Doch etwas war anders. Steiner gegenüber saß nun eine junge Beamtin, die von ihrer ganzen Erscheinung her bestens in das triste graue

Zimmer passte. Sie war zwar das genaue Gegenteil von Sarina, trotzdem fand ich, sie sah nett aus. Ich hob meine Pfote und kratzte an der Fensterscheibe. Erschrocken blickten sich die beiden nach mir um. Als Kommissar Steiner mich erkannte, stand er sofort auf und öffnete das Fenster. Mit einem beherzten Sprung landete ich auf seinem Schreibtisch. Steiner setzte sich wieder und streckte die Hand aus, um mich zu streicheln.

„Was bringst du mir denn da?" Steiner nahm mir vorsichtig Sarinas Haarspange ab und betrachtete sie. Ihm fiel sofort auf, dass sich am Verschluss ein Haar verfangen hatte. Ein langes blondes Haar. Er traute seinen Augen nicht. Konnte das womöglich der erste Beweis sein, den sie in diesem Fall hatten? Vorsichtig bugsierte er die Haarspange in ein Beweismitteltütchen.

„Paula, bringen Sie das bitte gleich ins Labor. Es könnte sich um die Haarspange von Sarina Siebert handeln. Sehen Sie mal, da hat sich am Verschluss ein langes, blondes Haar verfangen. Wir brauchen einen DNA-Abgleich. Und die Spange soll sehr sorgsam forensisch untersucht werden. Fingerabdrücke, Hautschüppchen oder sonstige DNA-Spuren. Das volle Programm." Paula starrte ihn ungläubig an. Der Kommissar tätschelte mir den Kopf und sagte: „Das hast du gut gemacht. Brave Katze.

Dann zeig mir mal, wo du die herhast!"
„Tom, mal ehrlich, Du glaubst doch nicht wirklich, dass die Katze ..."
„Manchmal braucht man eine andere Perspektive, um in einem Fall weiterzukommen", grinste der Kommissar.
„Aber Tom, das ist eine Katze! Das kann doch unmöglich dein Ernst ..." Weiter kam sie nicht, denn in diesem Moment klingelte das Telefon Sturm. Ich war bereits aufs Fensterbrett gesprungen und setzte zu einem weiteren Sprung an, der mich wieder nach unten, in die Blumenrabatte tragen sollte. Ich warf einen Blick zurück. Kommissar Steiner war im gleichen Moment von seinem Bürostuhl aufgesprungen, hatte seine Jacke geschnappt und war auf dem Weg nach draußen.
Kommissarin Rösner rief ihm hinterher: „Warte, Tom, es wurde noch ein Leichenfund in der Parkstraße gemeldet. Wir müssen los."
„Das ist jetzt deine Feuertaufe, Paula. Ich hab keine Zeit. Die pelzige kleine Zeugin will mir was zeigen. Du machst das schon. Vergiss nicht, dir den Tigerbalsam unter die Nase zu reiben. Ach, noch was: Konzentriere dich ganz auf die Details, so kannst du einen schrecklichen Tatort besser ertragen." Mit diesen Worten stürmte er aus dem Zimmer. Ich sprang nach unten und landete zwischen Dahlien und Herbstastern. Ich wusste, welchen

Weg der Kommissar nehmen musste, um die Rückseite der Baracke zu erreichen. Ich jagte um die Hausecke, als wären zehn Kläffer hinter mir her, und wartete, bis er im Hauseingang auftauchte. Der Kommissar kam auf mich zugerannt. Als er mich fast erreicht hatte, lief ich vor ihm her, während ich überlegte, dass ich wohl dieses Mal den Haupteingang benutzen musste. Der Kommissar würde wohl kaum über die Mauer klettern.

## 21. Kapitel

Der Wachposten am Eingang ließ sich nicht aus seiner verdienten Ruhe bringen, als ich wie ein geölter Blitz an ihm vorbeisauste. Als aber auch noch der Kommissar zu Fuß angerannt kam und nicht wie üblich in seinem Dienstwagen vorbeifuhr, kratzte er sich am Kopf und schaute uns verwundert hinterher. Ich lauschte auf die stapfenden Schritte des Kommissars, die mir in einiger Entfernung folgten. Immer, wenn der Abstand zu groß wurde, blieb ich stehen, sah mich um und wartete darauf, dass Kommissar Steiner wieder aufholte. Es sah so aus, als müsste ich immer wieder anhalten, um Luft zu holen. Dabei war es eher der Kommissar, der bald eine Pause brauchen würde. Als wir mein angestammtes Revier erreichten, stand der Mond bereits hoch am Himmel und warf sein silbriges Licht auf die Dächer der kleinen Stadt. Es war frostig kalt und der Kommissar schnaufte inzwischen wie eine Dampflok. Ich wollte ihn zu der Stelle führen, wo ich dem Mörder zum ersten Mal begegnet war, denn mich beschlich das merkwürdige Gefühl, dass der Verdächtige wieder dort sein würde.

Deutlich spürte ich das drohende Unheil, dass wie eine Gewitterwolke am Nachthimmel aufzog. Unaufhaltsam. Der Mörder führte irgendetwas im Schilde und mein sechster Sinn sagte mir, dass wir uns beeilen mussten. Also überlegte ich, wie ich den Kommissar durch die Gärten schleusen konnte. Würde er es schaffen, Gartenzäune zu überwinden? Es gab einige Grundstücke, die nur von Hecken, Bäumen und Büschen umgeben waren. Ich musste den Weg für ihn wählen, den wahrscheinlich auch der Mörder genommen hatte. Und ich musste langsamer laufen, damit er mich in dem unwegsamen Gelände im Dunkeln nicht aus den Augen verlor. Andererseits konnte ich ihn unmöglich aus dem Blick verlieren. Das lag nicht unbedingt nur daran, dass ich nachts besser sehen konnte als er. Der Kommissar stolperte, stapfte und schnaufte so laut hinter mir her, ein startender Jumbo-Jet hätte nicht mehr Aufmerksamkeit erregen können, und in der Nacht schien er geradezu blind zu sein. Ich fragte mich bereits, ob es eine gute Idee gewesen war, ihn durch die Gärten zu lotsen, da schob sich plötzlich ein gewaltiger Schatten zwischen mich und die schmale Mondsichel. Ich blieb regungslos stehen und meine Augen suchten in der Dunkelheit nach dem Ursprung des Schattens. Rechts von mir bildete eine

Hecke die Grenze zum Nachbargarten. Vor mir standen größere Stauden und Büsche. Sie warfen auch Schatten, aber es war windstill — sie bewegten sich nur minimal. Weiter hinten spiegelte sich das Mondlicht in einem Gartenteich. Etwas links vom Teich sah ich eine Gruppe von Bäumen und Büschen. In dem Moment, als der Schatten mit einem anderen Schatten verschmolz, nahm ich dort eine Bewegung wahr. Eine dunkle Gestalt glitt lautlos hinter einen Baumstamm. Ich flehmte in diese Richtung. Zum Glück stand der Wind günstig und wehte mir den verhassten Geruch in die Nase. Es war Sarinas Mörder, der sich hinter dem breiten Stamm des Baumes verbarg. Wie es aussah, hatte er den Kommissar längst bemerkt. Seine angespannte Körperhaltung verriet mir, dass er wie ein Raubtier auf seine Beute lauerte. Im Mondlicht sah ich die Klinge eines Messers aufblitzen. Der ahnungslose Kommissar stolperte direkt auf ihn zu. Ich hatte ihn in Gefahr gebracht. Mir war klar, dass der Mörder keine Sekunde zögern würde, noch einen weiteren Langbeiner umzubringen, wenn er sich dadurch der Verhaftung entziehen könnte. Ich überlegte angestrengt, was zu tun sei. Ich hatte den Mörder zu spät bemerkt, darum war es auch zu spät, einen anderen Weg zu wählen. Der Kommissar war ihm schon zu nah. Würde ich jetzt die Richtung ändern, dann könnte der Mörder ihn womöglich von hinten angreifen. Das würde den Kommissar noch mehr in Gefahr bringen. Sollte ich ihn laut mauzend warnen? Würde er mich verstehen? Oder sollte ich den einzigen Vorteil nutzen, den wir hatten? Der Mörder hatte den Kommissar bemerkt, aber er hatte keine Ahnung, dass dieser tierische Verstärkung hatte. Instinktiv duckte ich mich und schlich lautlos weiter, bis ich eine gute Angriffsposition erreichte. Dabei ließ ich den Täter keine Sekunde aus den Augen. Ich legte die Ohren an und beobachtete jede seiner Bewegungen, während der Hass durch meine Adern pulste. Ich musste jetzt Ruhe bewahren und den richtigen Moment abpassen. Der schnaufende Kommissar hatte das Versteck des Mörders fast erreicht. Ich duckte mich, bereitete mich auf meinen Sprung vor.

Einen Augenblick später stürzte sich der Mörder mit gezücktem Messer auf den ahnungslosen Kommissar. Im selben Moment sprang ich der Hand, die das Messer hielt, entgegen und krallte mich am Jackenärmel fest. Die Klinge verfehlte ihr Ziel.

Der Mörder war von meinem Angriff völlig überrascht. Der Kommissar auch. Instinktiv stieß Steiner den Mann von sich weg. Der Mörder stolperte rückwärts, verlor das

Gleichgewicht und kippte nach hinten. Das Messer fiel ihm aus der Hand und verschwand unter einem Busch. Als der Täter auf dem Boden lag, sah ich ihm für den Bruchteil einer Sekunde aus nächster Nähe ins Gesicht. Nie zuvor hatte ich so kalte Augen gesehen. Schnell tastete er nach dem Messer, doch er fand es nicht. Wütend über seinen fehlgeschlagenen Angriff, rappelte er sich auf, packte mich am Schlafittchen und schleuderte mich weg. Ich versuchte, mich im Flug zu drehen, schaffte es aber nicht. Ich fiel auf etwas Hartes. Ein kurzer, heftiger Schmerz, dann war ich wieder auf den Pfoten. Unter dem Laub lugte eine alte, verwitterte Beeteinfassung hervor. Ich schüttelte mich kurz. Ohne zu zögern, stürzte ich mich ein zweites Mal auf den Mörder meines Frauchens, der sich inzwischen aufgerappelt hatte und auf den Kommissar losgehen wollte. Dieses Mal sprang ich ihm mit meinen rasierklingenscharfen Krallen mitten ins Gesicht und verbiss mich in seinem Ohr. Der Mörder brüllte vor Zorn und versuchte, mich abzuschütteln. Doch eine wütende Katze schüttelt man nicht einfach so ab. Je mehr er sich wehrte und um sich schlug, umso tiefer gruben sich meine Krallen in sein Fleisch, zogen blutige Striemen durch sein Gesicht. Jetzt schrie und wimmerte er. Seine Hände packten mich, zerrten an mir. Doch je mehr er versuchte, mich von seinem Gesicht zu reißen, umso tiefer bohrten sich meine Krallen. Schließlich gelang es ihm, mich ein zweites Mal wegzuschleudern. Ich prallte mit voller Wucht gegen einen Baum und fiel zu Boden. Der Aufprall war so hart, dass er mir die Luft aus der Lunge trieb. Ich hechelte mit offenem Maul, bis der stechende Schmerz, der meine Flanke durchzuckt hatte, verebbte. Schwankend erhob ich mich und wollte mich noch einmal auf den Mörder stürzen, doch meine Aktion hatte ausgereicht, um Kommissar Steiner einen Vorteil zu verschaffen. Der Täter warf sich wieder auf den Kommissar, wollte ihn an der Kehle packen, doch der war jetzt darauf gefasst. Er wehrte ihn ab und warf den Angreifer zu Boden. Mit geübten Griffen drehte er ihn auf den Bauch, stemmte ein Knie in den Rücken seines Gegners und machte ihn bewegungsunfähig, indem er seine Arme unter denen des Mörders hindurchführte und seine Hände in dessen Nacken verschränkte. Der Mörder wollte den Kommissar abschütteln, doch der Griff ließ sich nicht lockern. Steiner hielt ihn gepackt wie in einem Schraubstock. Einen Moment lang hörte man nur das Schnauben der beiden Kontrahenten. Doch irgendwelche Nachbarn mussten den Kampf bemerkt und die Polizei verständigt haben. Die wütenden Schreie, die der Mörder während des Kampfes ausgestoßen hatte, waren ja auch kaum zu überhören gewesen. Jetzt machte es sich bezahlt, dass die Streifenwagen in dieser Gegend verstärkt patrouillierten. Es dauerte keine zwei Minuten, da hörten wir von Ferne die Sirenen von Polizeiautos näherkommen. Kurz darauf war die Nacht erfüllt von den blauen Lichtblitzen der Rundumleuchten.

Mit Taschenlampen bewaffnete Polizisten stürmten heran, schnappten sich den am Boden liegenden Mann, der nun die Hände schützend vor sein blutendes Gesicht hielt. Die Uniformierten nahmen auf derlei Lappalien keine Rücksicht und fesselten ihn mit Handschellen.

„Nicht übel, Herr Kommissar", rief einer der Beamten. Steiner grinste.

„Haben Sie den durch den Fleischwolf gedreht? Was ist denn mit seinem Gesicht passiert?", fragte ein anderer Polizist.

„Das war meine pelzige kleine Kollegin dort drüben. Sie hatte mit ihm noch eine Rechnung offen", grinste der Kommissar. Verdutzt schauten die Beamten zu mir herüber. In dem Tumult hatte ich mich ein paar Meter entfernt und war auf eine Gartenbank gesprungen. Völlig desinteressiert fing ich an, mich auf vornehme Katzenart zu putzen, während die Polizeibeamten den Mörder durch den Garten in Richtung der parkenden Polizeiwagen zerrten.

Der scharfe Geruch der Angst wehte von dem Verhafteten zu mir herüber und stieg in meine Nase. Für mich war es der betörende Duft eines lang ersehnten Sieges, der mir mein Frauchen jedoch nicht zurückbrachte.

Ich beobachtete die Polizeibeamten, wie sie den Mörder in den Streifenwagen verfrachteten. Er wand und sträubte sich, doch es nützte ihm nichts. Mit geübten Griffen hatten sie den Mann unter Kontrolle und befestigten die Handschellen im Inneren des Wagens.

„Warte nur, bis ich wieder rauskomme, dann schlachte ich dich ab, blöder Bulle. Und aus dem Katzenvieh mach ich mir ein paar Handschuhe."

Mit Befriedigung nahm ich zur Kenntnis, dass ich den Mann so übel zugerichtet hatte, dass man meinen konnte, jemand hätte mehrere Packungen Rasierklingen durch sein Gesicht gezogen. Das Blut war ihm den Hals hinuntergelaufen und auf seine Jacke getropft. Er sah schlimm aus.

„Irgendwo dort drüben in den Büschen muss noch ein Messer liegen. Damit ist er auf mich losgegangen. Zum Glück hat ihn die Katze angegriffen, sonst wäre es mit Sicherheit anders ausgegangen. Keine Ahnung, wie ich das in meinem Bericht schreiben soll. Das glaubt mir ja kein Mensch." Während einer der

Beamten am Wagen blieb und den Festgenommenen im Auge behielt, kamen andere mit Taschenlampen und durchsuchten das Gebüsch. Wenig später hatten sie das Messer gefunden.

„Das ist mit Sicherheit die Tatwaffe. Das Messer muss sofort ins Labor", meinte der Kommissar. Nachdem das Corpus Delicti in einer Beweismitteltüte verstaut worden war, gingen auch die anderen Beamten zu den Streifenwagen.

Der Kommissar nahm neben mir auf der Gartenbank Platz. Er streichelte mir über den Rücken. Dann saßen wir ganz still da, Seite an Seite, und beobachteten, wie sich die Polizeiautos in Bewegung setzten.

„Danke", sagte der Kommissar leise. Wir sahen den davonbrausenden Wagen nach, bis die blau blinkenden Lichter verschwunden waren. Auch das Sirenengeheul wurde immer leiser und verebbte wenig später im fernen Verkehrslärm.

„Verrätst du mir jetzt, woher du die Spange hast?", fragte der Kommissar leise.

Ich erhob mich, sprang von der Bank, rieb meinen Kopf am Bein des Kommissars und lief ein paar Schritte durch den Garten auf das kleine Haus zu, zu dem dieser Garten gehörte. Am Fenster stand eine mollige Frau mit rotbraunen Locken und beobachtete interessiert, wie eine Katze, gefolgt vom Kommissar, auf den Gartenweg zusteuerte, der an ihrem Haus vorbei zur Straße führte. Die Frau erinnerte mich an das Foto in der Zeitung, die Sarina damals gelesen hatte. Die beiden hätten Schwestern sein können, so groß war die Ähnlichkeit. Auch dem Kommissar war die Frau am Fenster aufgefallen und ich wusste, was er dachte: Der Mörder hatte nicht zufällig in dem Garten gewartet. Doch dieses Mal konnte er seinen Plan nicht in die Tat umsetzen.

Ich ging gemächlich, hatte keine Eile. Der Mörder war gefasst, das neue Opfer außer Gefahr und die Beweise würden nicht weglaufen. Ich führte den Kommissar auf geradem Weg zum Haus des Mörders, setzte mich auf den Abtreter und kratzte mit einer Pfote an der Tür.

„Hier ist es?", fragte der Kommissar, obwohl er die Antwort schon kannte. „Na dann wollen wir mal ..." Er sah sich das Türschloss an, nahm eine Plastikkarte aus seiner Geldbörse und versuchte, damit die Tür zu öffnen. Es gelang ihm nicht. Mit einem leisen Knacken brach die Karte mittendurch. Der Kommissar fluchte, was ich gnädig überhörte, dann nahm er sein Handy und rief den Schlüsseldienst an. Es dauerte keine zehn Minuten, bis ein Auto in der Einfahrt hielt. Ein dicker Mann mit einem

Werkzeugkoffer kam den Gartenweg hinaufgeschnauft. Keine zwei Minuten später war die Tür offen.

Der Kommissar bedankte sich bei dem Dicken und meinte, er solle die Rechnung an die Dienststelle schicken. Dann betrat Steiner das Haus. Ich eilte voraus und kratzte an der Schlafzimmertür. Der Kommissar folgte mir.

„Du kennst dich hier wohl schon aus?", fragte er und ich konnte so etwas wie Bewunderung in seiner Stimme wahrnehmen. Als er die Tür für mich öffnete, sprang ich sofort auf den Nachttisch zu und zog an der oberen Schublade. Ich öffnete sie eine Handbreit, sodass man den Inhalt gut sehen konnte. Nachdem der Kommissar Einweghandschuhe übergezogen und den Lichtschalter gefunden hatte, trat er hinter mich, beugte sich nach vorn und starrte auf den Inhalt der Schublade. Als Erstes fiel ihm die Haarspange ins Auge, Sarinas Haarspange Nummer zwei mit einem langen blonden Haar, das im Verschluss klemmte. Das war der Beweis, der den Täter — den man bis jetzt nur wegen des Angriffs auf einen Polizeibeamten verhaften konnte — für lange Zeit hinter Gitter bringen würde. Der Kommissar zog sein Handy aus der Tasche und verständigte die Kollegen von der Spurensicherung.

Plötzlich wurde dem Kommissar ganz schwurbelig in der Magengegend. Hier lag nicht nur der Beweis, dass der Täter Sarina Siebert ermordet hatte. Da lagen noch andere Sachen in der Schublade. Diesen Svarowski-Kristall, der wie eine Katze aussah, hatte er schon einmal gesehen. In einer der Akten, die auf seinem Schreibtisch im Revier lagen, befand sich eine Fotografie, die Rita Burkhard zeigte: barfuß an einem Stand, mit den Schuhen in der Hand. Auf dem Foto trug sie diese Kette. Schlagartig war ihm klar, dass er die Souvenirs des Mörders vor sich hatte. Alle diese Sachen hatte der Täter seinen Opfern abgenommen: den kleinen runden Spiegel zum Aufklappen, den Gürtel mit der glänzenden Schnalle, den Lippenstift, den goldenen Ring mit dem roten Stein ... es musste einfach so sein. Ganz hinten in der Schublade fand er die Tarotkarten. Ein A.-E.-Waite-Tarot, wie es der Mörder verwendet hatte. Er war sich sicher, dass genau die Karten fehlten, die sie bei den Opfern gefunden hatten. Der Kommissar öffnete die untere Schublade, wo er ein Sammelsurium an Messern entdeckte, darunter auch einige Cuttermesser, und einen schwarzen Ordner. Vorsichtig nahm er diesen heraus und blätterte darin. Sorgfältig ausgeschnittene Zeitungsartikel dokumentierten die gesamte Mordserie vom ersten Fall an.

Es gab keinen Zweifel mehr. Mit diesen Beweisen konnten sie dem Monster alle Morde nachweisen. Lückenlos. Zudem würden sie mit Sicherheit DNA-Spuren finden und Steiner war sich sicher, dass der Mörder ein Geständnis ablegen würde. Wenn dieser Mistkerl bei seiner Verhaftung auch geschimpft hatte wie ein Rohrspatz — spätestens, wenn man ihn mit diesen Beweisen konfrontierte, würde er singen wie eine Nachtigall. Ein Lächeln machte sich auf dem Gesicht des Kommissars breit. Er hatte den größten Fall seiner Karriere gelöst und würde übermorgen pünktlich auf Tante Friedas Geburtstagsfeier erscheinen. Das alles verdankte er einzig und allein dieser Katze, die sich jetzt schnurrend auf dem blau gestreiften Läufer räkelte. Zum zweiten Mal an diesem Abend fragte er sich, wie er das in seinen Bericht schreiben sollte.

**Epilog**

Die Tage und Wochen plätscherten dahin wie ein Gebirgsbach. Die ersten Schneeflocken fielen. Bald erstarrte die Welt draußen in dem eisigen Wind, der von Norden her über das Katzenrevier hinwegfegte. Eine weiße Decke legte sich über die Häuser und Gärten. Alles wirkte sauber und rein und irgendwie unschuldig, als hätte der Schnee auch die schrecklichen Erinnerungen unter sich begraben. Als dann die weiße Winterwelt schmuddeligem Aprilwetter wich, hatte ich mich in meiner neuen Unterkunft eingelebt.
Kommissar Tom Steiner hatte mich bei sich aufgenommen. Er war zwischenzeitlich pensioniert worden. Zur Abschiedsfeier, die in der Kantine des Polizeireviers stattfand, bekam er für die Lösung seiner letzten Fälle eine Auszeichnung verliehen, obwohl er immer wieder betonte, dass er sie nicht verdient habe. Wie sich herausstellte, war es ihm gelungen, einen der gefährlichsten Serienmörder zu überführen. Denn als die DNA des Täters extrahiert und in eine Datenbank eingestellt worden war, hatten die Forensiker beim LKA eine Überraschung erlebt. Der

Computer meldete gleich mehrere Treffer. Am Ende passte der genetische Fingerabdruck des Täters zu neun weiteren, bis dahin noch ungeklärten Morden, die sich im Laufe der letzten Jahrzehnte bundesweit ereignet hatten. Der älteste Fall dieser Serie, der Mord an einer fünfzehnjährigen Schülerin, lag dreißig Jahre zurück. Obwohl man damals alles Menschenmögliche getan hatte, um den Täter zu finden, verliefen alle Spuren im Sande. Nun kam, aus heiterem Himmel, der Durchbruch. Kommissar Steiner war das Unmögliche gelungen und der Polizeibericht, den er abgeliefert hatte, hörte sich mehr als abenteuerlich an. Eine gewöhnliche Hauskatze, die wohl einem der Opfer gehört hatte, soll ihn auf die Spur des Täters gebracht und ihm obendrein das Leben gerettet haben. Diese Katze habe ihn sogar zum Haus des Täters geführt und sie zeigte ihm auch die Beweise. Das klang nicht unbedingt glaubhaft, aber der Kommissar schwor Stein und Bein, dass es sich genau so zugetragen habe. Seine Kollegin Paula Rösner bestätigte, dass die Katze im Revier vorstellig geworden sei und einen Beweis abgeliefert habe, woraufhin der Kommissar der Katze gefolgt sei. Wie auch immer. Der Täter war gefasst und es zählte einzig und allein das Ergebnis.

Was mich betraf, war ich nur froh darüber, dass meine neue Unterkunft, das Haus von Kommissar Steiner, an mein altes Revier grenzte und Mias Unterschlupf ganz in der Nähe lag. Die meisten Nächte hatte ich seither in Mias Kellerverlies verbracht. Mia freute sich, wenn sie Gesellschaft hatte, und inzwischen fand ich den Keller gar nicht mehr so übel.

Oft, wenn ich nicht einschlafen konnte, grübelte ich darüber nach, was Glück ist. Zweifellos war es ein Glücksfall, dass mich der Kommissar bei sich aufgenommen hatte. Aber glücklich war ich nicht. Wann immer ich an Sarina dachte, erfasste mich eine grenzenlose Traurigkeit. Und wenn ich in Gedanken an sie einschlief, dann träumte ich ganz oft von ihr. Doch das waren keine normalen Träume, die schon bei Sonnenaufgang in Vergessenheit gerieten. Diese Träume waren intensiver. Ich fühlte Sarinas Gegenwart. Ich konnte ihr Haar riechen — diesen Duft, den ich so sehr liebte — und ich spürte ihre Hand, die mir sanft über den Rücken strich. Ich genoss diese Träume und wollte sie festhalten. Ich zögerte das Erwachen so lange wie möglich hinaus, weil ich meine Sarina nicht gehen lassen wollte.

Als ich an diesem verregneten Aprilmorgen in Mias Keller erwachte, ging mir ein absonderlicher Gedanke durch den Kopf. Wie von der Tarantel gestochen, rannte ich los. Ich achtete nicht auf den Regen, der meinen Pelz schon nach wenigen Metern durchtränkt hatte. Ich rannte, als wären zehn Kläffer hinter mir her.

Als ich Toms Hütte betrat — wie ich meine neue Behausung manchmal nannte —, schüttelte ich mir das Wasser aus dem Fell. Kaffeeduft hüllte mich ein und ich hörte blechern ein Radio plärren. Ich trottete in Richtung Küche. Es war Frühstückszeit. Tom saß am Tisch und blätterte in einer Zeitung. Ich durchquerte die Küche und sprang aufs Fensterbrett. Auch dieses Fensterbrett war breit und die Aussicht mal wieder deprimierend. Einen Moment lang sah ich zu, wie draußen schwere Regentropfen in eine große Pfütze platschten. Ich begann mich zu putzen und erinnerte mich daran, wie ich damals auf dem Fensterbrett gesessen und meine Sarina dabei beobachtet hatte, wie sie die Zeitung las.

Nun saß ich auf diesem neuen Fensterbrett und beobachtete Kommissar Steiner dabei, wie er die Zeitung las.

Tom, so nannte ich den Kommissar jetzt, war als Dosenöffner ganz okay. Auch er versuchte, mir das Leben so angenehm wie möglich zu machen. Er sorgte für mich und irgendwie mochte ich ihn sogar. Hühnerbrühe hatte es bisher noch nicht gegeben und ich bezweifelte, dass Tom überhaupt wusste, wie man eine anständige Hühnerbrühe zubereitete. Aber das Futter war ganz annehmbar.

Er benutzte nicht so viel Parfum wie Sarina und verbrachte auch nur halb so viel Zeit im Badezimmer, trotzdem schien auch er kein Weibchen gefunden zu haben. In Liebesdingen ging es schon seltsam zu bei den Langbeinern.

Auch in meiner neuen Unterkunft lag an den Wochenenden die Wäsche neben der Waschmaschine. Aber an Toms Socken sollte man besser nicht riechen, sofern man keine selbstmörderischen Absichten hegte.

Als ich hier einzog, waren mir ein paar weiße Katzenhaare aufgefallen, aber außer auf den Fotos, die im Wohnzimmer an der Wand hingen, hatte ich noch keine andere Katze gesehen. Keine Ahnung, was mit meiner Vorgängerin passierte oder wo sie abgeblieben war. Aber wenn Tom die Fotos betrachtete, spürte ich seine Traurigkeit.

Auf jeden Fall musste diese andere Katze ein „Drinni" gewesen sein, denn als ich hier einzog, hatte Tom extra für mich eine Katzenklappe in die Tür einbauen lassen. Nun konnte ich kommen und gehen, wie es mir beliebte, genau so, wie ich es schon vorher gewohnt war.

Während ich meine Pfoten leckte und an

meinen Krallen knabberte, ging mir dieser merkwürdige Gedanke wieder durch den Kopf: Ich hatte jetzt Herrchen und Frauchen! Wenn ich wach war, sorgte Tom für mich, und wenn ich schlief, träumte ich von Sarina. Sarina war nicht wirklich tot. Sie lebte in meinem Herzen. Doch wieso hatte Tom mich bei sich aufgenommen? Was hatte er davon? Er musste mir Futter kaufen; die Katzenklappe war sicher auch nicht ganz billig. Er sorgte für mich, spielte mit mir und streichelte mich. Er verbrachte einen Großteil seiner Freizeit mit mir und seit seiner Pensionierung hatte er viel freie Zeit. Obendrein säuberte er sogar mein Katzenklo. Es gab nur eine logische Erklärung dafür: Er liebte mich. Konnte das sein?

An diesem Morgen in Mias Keller wurde mir zum ersten Mal bewusst, dass ich ein neues Zuhause hatte. Mehr noch. Es war eine Chance auf ein neues Leben. Das Schicksal hatte uns zusammengeführt. Ich hatte mein Frauchen verloren, Tom hatte seine Katze verloren. Wir hatten uns gefunden. Und ich sollte Tom jetzt die Chance geben, mein Herrchen zu werden.

Tom, der immer noch in seine Zeitung vertieft war, sah mich ganz überrascht an, als ich auf den Tisch sprang und mich auf seine Zeitung setzte. Eigentlich hatte ich nur vorgehabt, ihn ausgiebig zu begrüßen. Doch als ich nun vor ihm saß, war da plötzlich eine Nähe zwischen

uns, wie ich sie vorher nie zugelassen hatte. Er schaute mich ein wenig erstaunt über den Rand seiner Lesebrille an. Ich sah ihn an – direkt in seine magischen blauen Augen. In diesem Moment schien die Welt stillzustehen. Ganz deutlich nahm ich ein eigenartiges Gefühl wahr und ich war mir sicher, Tom spürte es auch. Eine ganze Weile saßen wir so da. Ganz still. Tom und ich. Dann streichelten mich seine großen Hände und ich rieb meine Nase an seinem Gesicht. Wir genossen die Magie des Augenblicks; die vollkommene Nähe, die unsere Herzen miteinander verband.
Zum ersten Mal seit langer Zeit durchströmte mich die wohlige Wärme der Geborgenheit.
Ich war in meinem neuen Zuhause angekommen und in diesem magischen Augenblick empfand ich etwas, das ich für völlig unmöglich gehalten hatte: Mein Herz fühlte sich ganz leicht an.
Ich war glücklich.

*Katzen lieben Menschen viel mehr, als sie zugeben wollen.*
*Aber sie besitzen so viel Weisheit,*
*dass sie es für sich behalten.*

Mary E. Wilkins Freeman

**Bedeutung der Tarotkarte »Königin der Stäbe«
gemäß Packungsbeilage des A. E. Wait Tarot
(ISBN 978-3-927808-13-3):**

„Aktuelle Fragen erfordern Leidenschaft und
Bewusstsein, besondere Treue zu sich selbst.
***Zeigen Sie, was in Ihnen steckt.***
*Bestimmen Sie Ihre Lebensziele und verwirklichen Sie Ihre
Lebensfreude.*"


Einige der im Buch erwähnten Tarotkarten sind auf der
Rückseite des Covers abgebildet.

Alle Charaktere in diesem Buch sind
frei erfunden.

Ähnlichkeiten mit lebenden oder toten
Langbeinern, Katzen oder Kläffern sind rein
zufällig und unbeabsichtigt.

🐈

Ein großes Dankeschön geht
an die Mitarbeiter des Tierheims Quedlinburg,
die mir bei der Frage, wie sich eine Katze
selbst aus dem Tierheim entlassen könnte,
beratend zur Seite standen.
(Das Loch im Zaun existiert tatsächlich.)

🐈

Ein besonderer Dank gilt meinen Lesern.

Wenn es Ihnen gefallen hat, würde ich mich
über eine Bewertung bei Amazon, Weltbild
oder anderen Buchshops sehr freuen.

Wenn Sie wissen wollen, wie alles begann, dann können Sie das in Teil 1 erfahren:

Heike Lange

## Kater Brummel
## - Ein Katzenkrimi -

Detektivkatze Cleo nimmt den Auftrag an, den verschwundenen Kater ihrer Freundin zu suchen. Schon bald stellt sich heraus, dass sie einen Mörder jagen muss. Cleo und ihre Freunde legen sich nach Katzenart auf die Lauer und nehmen die Nachbarschaft unter die Lupe. Als die Spuren sie zum Täter führen, schmieden die Samtpfoten einen gar nicht sanften Racheplan.

Freuen Sie sich auf eine ebenso spannende wie humorvolle Geschichte, die ganz aus der Katzenperspektive erzählt wurde.

### Ein Krimi für Katzenfreunde

**ISBN 978-3-86386-567-2**